귀환병사

요람 新무협 판타지 소설

FANTASTIC ORIENTAL HEROES

귀환병사 16

요람 新무협 판타지 소설

초판 1쇄 찍은 날 § 2014년 10월 24일
초판 1쇄 펴낸 날 § 2014년 10월 31일

지은이 § 요람
펴낸이 § 서경석

편집부장 § 권태완
편집책임 § 한준만

펴낸곳 § 도서출판 청어람
등록번호 § 제387-1999-000006호
등록일자 § 1999. 5. 31
어람번호 § 제2-2544호

주소 § 경기도 부천시 원미구 부일로 483번길 40 서경B/D 3F (우) 420-822
전화 § 032-656-4452 팩스 § 032-656-4453
http://www.chungeoram.com
E-mail § chungeorambook@daum.net

ISBN 979-11-316-9262-2 04810
ISBN 978-89-251-3414-7 (세트)

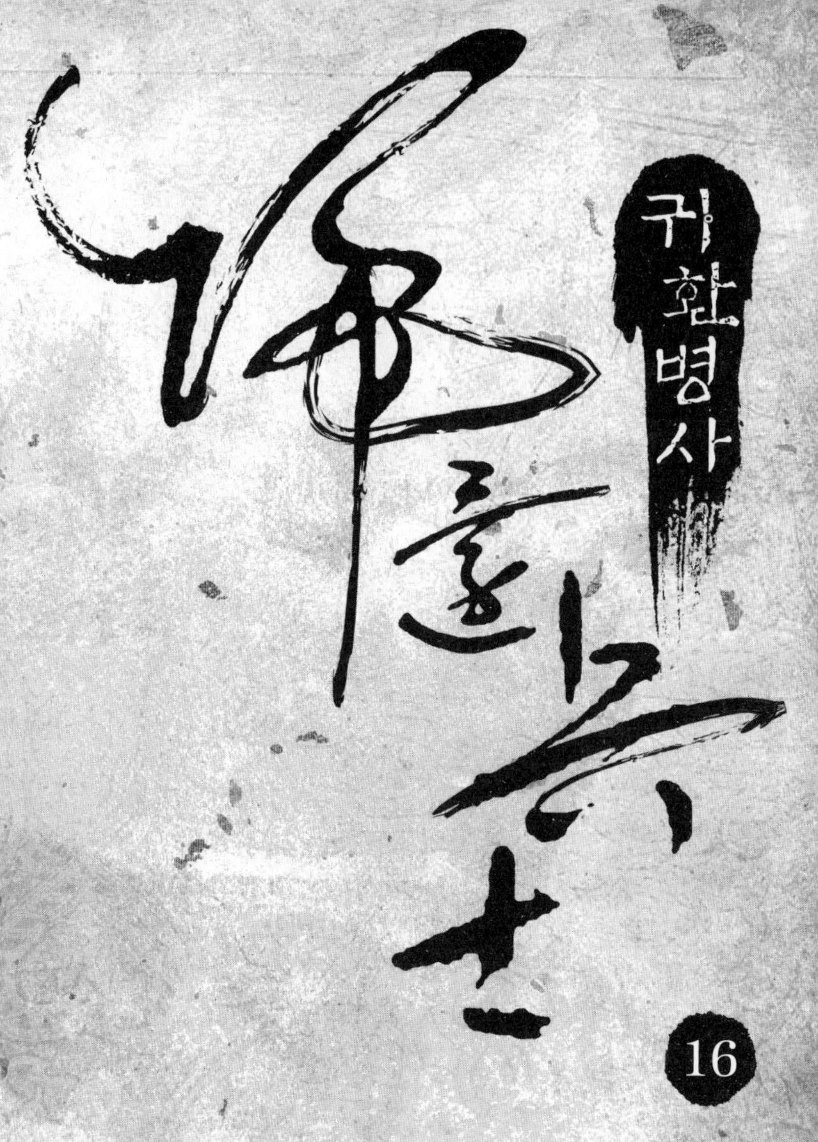

요람 新무협 판타지 소설

FANTASTIC ORIENTAL HEROES

16

도서출판 청어람

第百四十三章 귀곡성(鬼哭聲)

폭풍이 몰아쳤다.

단순한 바람이 아니었다. 정말 갑자기 살을 에는 폭풍이 소요진을 몰아치기 시작했다. 게다가 눈까지 동반한 폭풍이었다.

휘이잉!

갑작스럽게 몰아치는 눈보라에 서서히 전진하던 양측의 무인들이 일시에 멈칫했다.

휘이잉! 휘잉!

끼아아악!

바람 소리가 귀곡성처럼 울렸다.

그에 양측의 무인들은 눈살을 찌푸렸다. 마치 자신들을 마주 나온 저승사자가 주변에 있는 건 아닐까 하는 생각까지 들 정도로 귀곡성은 무인들의 심기를 건드렸다. 하지만 일부 무인들은 저 귀곡성이 멈추는 순간 격돌이 시작될 것이라는 사실을 알았다. 으스스하지만 일촉즉발의 분위기가 순식간에 조성됐다.

휘이잉! 휘잉!

끼아아아……!

철혈의 무인.

그러나 개중에는 철혈의 단어가 어울리지 않는 무인도 있었다. 전투, 죽음에 대한 거부감을 가지고 있는 무인들이었다.

생존본능.

본능적으로 깨달은 것이다.

어쩌면 저 귀곡성이 이승에서 듣는 마지막 소리가 될지도 모른다는 사실을. 중천은 무인의 선두에 서 있지만 그 같은 분위기를 감지했다. 그리고 감지하는 순간 좋지 않다고 느꼈다. 전투는 시작도 안 했다.

그런데도 이런 분위기면 전투가 시작되고 나서는 볼 것도 없었다. 예민하게 벼려진 감각이 다른 것도 분위기도 잡아왔다.

경계.

'좋지 않아…….'

이런 상황에서 전투는 필패다. 그럼에도 이 자리에 서 있는 이유는 비천대를, 천리통혜를 믿기 때문이다.

독은 뿌려졌다.

기다리는 일만 남았다.

씨앗이 자라 개화하기 전 두드리는 게 정답이다. 기감을 최대한 열었다. 천뢰제왕공의 내력이 사지백해로 뻗어나갔다. 활짝 열린 기감이 영역을 넓혀 나갔다. 전방으로 쭉쭉 뻗어나가는 기감은 눈 속에 파묻혀 발버둥치는 땅벌레의 움직임까지 포착해 줬다.

고오오.

휘이이이.

아주 작은 움직임까지 포착되었고, 이내 끝까지 뻗어나갔을 때 중천은 바라고 바라던 소음을 잡아낼 수 있었다.

큭.

으윽.

으음…….

남궁세가 진형을 등지고 북풍이 불고 있었지만, 예민하게 기감을 열어놓은 중천에게 그 소리는 아주 적나라하게 들렸다.

'걸렸다!'

아주 제대로 걸렸다.

입가에 미소를 그린 중천은 온 내력을 모조리 기감의 영역 확장에 쏟아 부었다. 막대한 내력이 썰물처럼 빠져나갔다.

옛 강호가 낳은 탐지술법.

천라지청술(千羅知聽術).

이 지청술은 미세한 진동을 잡아낸다.

소리도 공기의 진동을 만들어내니 당연히 지청술에 걸린다. 옛 강호무림에서는 널리 알려진 기술이었다.

특히 살수 집단과 수많던 강호세도가의 추척조는 반드시 익혔던 기술이었지만, 지청술에는 한 가지 약점이 있었으니 바로 내력 소모가 막대하다는 것이다.

그럴 수밖에 없는 게 단순히 일자(一字)로 감지하는 게 아닌, 자신을 중심으로 원을 만들고 그걸 넓히고 넓혀서 그 안에 있는 모든 것을 감지하기 때문에 내력의 소모는 정말 말도 못할 정도로 컸다.

그래서 거의 사장되다시피 했지만 이 지청술이 반드시 필요한 집단은 당연히 있었다. 앞서 말했던 살수. 그리고 황궁이었다.

그중에서도 특히 황궁은 이 지청술에 엄청 매달렸다.

중원에서 가장 대표적인 복마전을 꼽으라면 당연히 북경이다. 그런 북경 안에서도 최강, 최악의 복마전을 다시 하나 더 뽑으라면… 바로 신궁전이다.

당금 황제인 선덕제가 기거하는 신궁전은 그야말로 온갖 음모와 귀계가 난무하고, 하루라도 조용한 날이 없을 정도이다.

심심하면 하루에도 목이 몇 개나 떨어져 나가는 곳이 바로 신궁전. 그렇게 된 이유가 바로 개량된 지청술을 금의위, 그리고 동창이 익혔기 때문이다.

그 지청술로 귀계와 음모를 잡아내고 증거를 잡아 목을 툭툭 떨궈 버리는 일이 비일비재했다.

중천이 익힌 지청술도 마찬가지다.

천하제일가는 검공, 권공, 장공만 있는 게 아니었다.

당연히 수없이 많은 음모와 싸웠고, 지청술은 당연히 개량에 개량을 거듭했다. 최대한 영역을 넓히고 내력 소모는 줄이는 방법으로.

하지만 그럼에도 내력의 소모는 여전히 컸다.

'걸렸어. 제대로!'

그러나 중천은 내력 소모가 아깝지 않았다.

지청술에 걸리는 수많은 신음.

그리고 당혹스러운 움직임.

독!

무슨 독이지?

큭! 배가…….

아으…….

꾸르륵, 꾸르륵.

내력이 강하든 약하든 상관없이 아주 제대로 파고들어간

단문영의 이질독이다. 중천은 입가에 미소가 지어지는 것을 숨길 수 없었다.

"아직 입니다."

조용한 목소리가, 중천의 귀로 천둥처럼 흘러 들어왔다. 지청술 때문이었다. 지청술을 연 상태로 중천이 되물었다.

"아직 더 기다려야 하겠느냐?"

"예. 아직 입니다."

"음……."

이미 적진에는 혼란이 왔다.

꾸르륵, 꾸르륵. 배가 요동치는 소리까지 중천의 지청술에 잡혔다. 이리저리 뛰어다는 소리까지도 잡혔다.

그런데도 기다려라?

이유가 있을 것이다.

중천은 자신의 생각으로 무혜를 이해하려 하지 않았다. 진무혜, 천리통혜는 비범함을 이미 넘어섰다.

그것도 한참.

그러니 이해를 차라리 포기하는 게 편했다.

그럼에도 중천은 확인 과정을 거쳤다.

"아직 노리는 게 더 있구나."

"예."

"얼마나 더 기다리면 되지?"

"일각에서 이각입니다."

"일각에서 이각이라……."

얼마 안 되는 시각이다.

그 정도도 못 기다릴 이유가 없었다.

무혜가 바라는 건 승리, 적의 궤멸이다.

아군의 피해를 최소로 줄인 완벽하고 절대적인 승리.

그걸 위해서는 기다려야 한다고 천리통혜는 말하고 있었다. 그렇다면 천리통혜가 기다리고 있는 것은?

무혜는 진득하게 기다렸다.

아무 말도 하지 않고 눈보라를 등지고 적진을 뚫어져라 바라봤다. 노려보는 것도 아니고 그저 바라만 봤다.

그 뒤로 어느새 남궁유청이 다가와 섰다. 사르르… 기세가 느껴지며 눈보라가 남궁유청을 빗겨 지나갔다.

내력을 돌려 바람을 막고 있는 것이다. 무공을 익히지 않은 무혜에 대한 남궁유청의 배려였다.

중천은 그런 남궁유청을 보며 이제 남궁유청은 남궁세가의 사람이 아니라는 생각을 했다. 기세도 완전히 변했다.

유검(柳劍)이란 별호답게 유하고 부드럽던 그의 기도는 완전히 사라졌다. 대신 그 자리를 매우고 있는 건 너무나 잘 벼려진 예기(銳氣).

손만 갖다 대도 잘려 버릴 것 같은 서늘한 날카로움이었다.

남궁세가의 기세는 눈을 씻고 봐도 찾을 수가 없었다.

전장의 병사.

이제는 창천유검, 그 유검이란 단어를 예검으로 바꿔야 할 것 같았다. 그리고 그게 지금 남궁유청을 대변하는 가장 적절한 단어였다. 그렇게 일각의 시간은 중천에게서 금방 지나갔다.

기다리고 기다렸던 무혜의 목소리가 들렸다.

"시작됐습니다."

좌라라락!

무혜의 말과 함께 눈보라가 한 치 앞을 가리고 있는 와중에도 적진에서 검은 줄기가 좌와 우로 쭉쭉 뻗어나가는 모습이 보였다.

무혜가 우측으로 보낸 철검대, 창천대를 상대하러 나가는 무인들과 좌측의 비천대를 상대하러 나온 친위대의 그림자였다.

새까만 줄기가 순식간에 쭉쭉 늘어나더니 어느새 끊어진 엿가락처럼 끄트머리가 싹둑 잘렸다.

우측으로 달려 나온 적진의 무인들은 순식간에 언덕을 타고 올라가더니 사라졌다. 눈밭이고 뭐고 상관없다는 듯이 정말 순식간에 사라졌다.

좌측으로는 친위대가 거침없이 질주해 나왔다.

역시.

친위대는 빨랐다.

북원의 전신.

그의 아들인 소전신을 지키는 최정예는 과연이라는 단어가 자연스럽게 흘러나올 정도로 쾌속했다.

중천의 시선이 저절로 근방을 뒤졌다.

지청술로 들어가던 내력을 잠시 막아놓고 안법(眼法)으로 들어가는 내력의 강도를 쭉 끌어올렸다.

그러자 어둠이 일시에 가시고 좌측 언덕에서 말 머리를 일제히 돌리는 비천대의 모습이 눈에 들어왔다.

비천대는 친위대가 진형에서 빠져나오는 즉시 퇴각을 시작했다. 거리는 상당했지만 친위대의 속도는 정말 빨랐다. 이미 먼저 달리기 시작해 가속한 상황. 눈으로 뒤덮인 대지도 거침없이 질주해 비천대를 향해 쏘아져 나갔다.

하지만 친위대와 비천대의 거리가 좁혀지는 것도 잠깐 이었다. 비천대의 전마도 마예가 열사의 사막에서 심혈을 기울여 양성한 정예다. 가속을 순식간에 받고 좁혀지던 거리를 그대로 고정시켰다.

두드드드.

응당 들려야 할 소리는 들리지 않았지만 대지를 밟고 있는 발바닥에서부터 진동이 고스란히 느껴졌다. 먼 거리지만 활짝 열린 기감으로 충분히 잡아내고 있었다.

비천대는 결코 거리를 주지 않았다.

무시무시한 기세, 속도로 뒤를 잡고 쫓아오는 친위대에게서 일정 거리를 유지한 채 남궁세가의 진형 쪽으로 달려왔다.

비천대와의 거리는 순식간에 좁혀졌다.

그리고 당연히 그 뒤를 쫓아오는 친위대의 모습도 시야에서 점차 커졌다. 하지만 그것도 어느 정도에서 멈췄다.

친위대가 비천대를 쫓는 걸 멈췄기 때문이었다. 누가 보더라도 유인 작전을 펼치고 있는 비천대였다. 뇌가 근육으로 똘똘 뭉친 게 아니라면 멈추는 게 당연한 일이었다. 그들은 양측 진형의 중간 지점에서 적진 쪽으로 조금 치우친 곳에 멈추어 섰다. 그리고 그 자리서 몇 바퀴를 빙글빙글 돌더니 천천히 기수를 돌렸다.

그걸 보던 비천대도 멈추고 기수를 돌렸다.

그러더니 슬금슬금 친위대를 따라가기 시작했다.

약 올리는 건가?

친위대가 멈췄다.

그리고 뒤를 돌아봤다.

그러자 비천대도 멈췄다.

그리고 빙글빙글 제자리에서 돌았다.

자극하는 움직임.

"하, 이거 참……."

중천이 그걸 보고 어이가 없는 말투로 중얼거렸다. 설마 저런 모습을 보일 거라고는 예상치 못했기 때문이었다.

천칭에 올려도 결코 어느 한쪽이 내려가지 않을 기동력이다. 즉, 양측은 속도로만 따지면 거의 백중세다.

그걸 이용해 비천대는 친위대를 자극하고 있었다. 따라오면 도망가고 물러서면 따라가고. 신경이 안 쓰일 수가 없는 모습이다.

그렇다고 완전히 무시할 수가 없다.

이유는 당연히 이제 곧 펼쳐질 전면전 때문이다. 무시하자니 비천대에 옆구리를 틀어박힐 경우 피해가 클 거라는 건 생각하지 않아도 뻔했다.

적군의 군사도 이 부분을 알고 있을 것이다. 그러니 친위대는 결코 비천대에게서 떨어질 수가 없었다.

전담이다.

아마 적군의 군사는 비천대를 친위대에게 맡길 것이다. 그게 정답이다. 구양가의 무인이나 군벌의 살육병, 살객에게 맡기는 건 오답이다. 적군의 군사는 분명 정답지를 선택할 것이라 생각했다.

예상대로 정답지를 골랐을 때의 행동이 나왔다.

무혜의 입가에 미소가 천천히 그려졌다.

생각대로 흘러가고 있다는 걸 느낀 것이다.

그리고… 확신이 서기 시작했다.

이 싸움.

이겼다고.

친위대가 다시 기수를 돌려 비천대에게 향했다.

그러자 비천대가 얼른 기수를 돌려 도망갈 준비를 했다. 친위대는 쫓지 않았다. 그저 기수만 돌린 상태로 비천대를 노려봤다.

비천대의 행동에 심기가 제대로 자극받은 모습이었다. 중천의 눈에는 보였다. 그냥 딱 봐도 짜증과 울분이 친위대를 휘감고 있었다.

중천은 이제야 어느 정도 파악이 됐다.

전장에서 흥분은 금물이다.

일대일 대결에서도 흥분은 결단코 자제하라 가르친다. 실수를 유발하기 때문이다. 그냥 대결이면 상관없지만 목숨을 건 대결이면 흥분은 죽음으로 가는 지름길이다. 일대일의 대결도 그럴진대 전장에서의 흥분은 더욱 금해야 한다. 완전히 독이다. 중독되는 즉시 목숨을 잃게 되는 극독.

그게 도를 넘어선 흥분이다.

비천대는 지금 친위대를 흥분시키고 있었다. 자극시키고 있었다.

저러다가 못 참고 선을 넘어오면?

볼 것도 없다.

우르르 달려들어 포위 섬멸이다. 가속만 멈추면 맛 좋은 먹이에 지나지 않다. 물론 그게 힘들지만, 할 수만 있다면 무조건 궤멸시킬 수 있다.

"철검대와 창천대의 움직임은 어떻습니까?"

그 말에 중천은 지청술을 다시 펼쳤다. 순식간에 기감이 영역을 넓혀가기 시작했다. 크고, 넓게. 타원형으로 퍼져 간다.

그렇게 영역을 넓힌 기감에 교전 소리는 들리지 않았다.

"아직 교전 중은 아니다."

"교전이 시작되는 즉시 전면전을 시작합니다."

"그러지."

적군의 진형에서 철검대와 창천대를 상대하러 나간 무인들도 분명 주력일 것이다. 이쪽에서 기합이란 기합은 있는 대로 지르고 갔으니 분명 적군의 군사도 그에 대응할 수 있는 무인들을 보냈을 것이다.

괜히 하수를 보냈다가 철검대와 창천대가 싹 잡아먹으면 그건 고스란히 아군의 전력 손실로 이어진다.

어차피 부딪칠 거라면 적에게도 응당 아군이 입은 피해만큼 돌려줘야 할 테니 분명 주력이 갔을 것이다.

"구양가는 움직이지 않았습니다."

그러니 구양가는 아니다.

구양가가 움직였다 해도 전부는 아니다. 일부의 무인, 그리고 군벌과 살객의 정예가 움직였을 것이다.

중천은 고개를 끄덕였다.

그 순간.

창!

쩡!

쩌정!

저 멀리서 병장기끼리 부딪치는 소리와 내력이 부딪쳐 공기 터지는 소리가 중천의 기감에 잡혔다.

"잡혔다. 지금 교전을 시작했어."

"그렇습니까. 그럼… 시작해 주십시오."

"알았다."

중천은 무혜의 말을 듣고 등을 돌렸다.

그러자 도열한 남궁세가의 무사가 보였다.

후우.

후우…….

짧게 숨을 한 번 고른 중천이 검을 뽑았다.

스르릉.

폭풍에 버금가는 바람 소리가 천지를 울리고 있는데도 중천의 검명은 맑고 또렷하게 울렸다. 내력이 실려 있었기 때문이다.

웅웅.

뽑혀진 검이 진동음을 토해냈다.

내력이 집중된 상태.

사악.

그 상태로 반월을 그렸다.

눈, 그리고 바람이 칼날에 갈려 나갔다. 눈이 섞여 있어 그 모습이 육안으로도 확인이 가능했다.

더불어 그 행동은 일순간에 모든 무인의 시선을 끌었다. 시선의 모임은 곧 중천에 대한 집중으로 이어졌다.

"때가 됐다."

"……."

"……."

다시금 출진의 연설?

아니다.

그냥 명령이다.

"검을 뽑고 달려라. 의심치 마라. 적은 지금… 개판이니까. 아, 후각은 차단하길 바란다. 아마… 똥내 나는 전투가 될 것 같으니 말이다."

응?

무인들의 눈에 의문이 깃들었다.

그러거나 말거나.

중천은 신형을 돌려 자세를 낮췄다.

"가자."

타닷!

순식간에 중천의 신형이 희미해졌다.

극한에 이른 천리호정이다.

그에 순간 멈칫. 그러나 멈칫은 잠깐이다. 중천검대가 가장 먼저 발을 뗐다. 하나, 둘, 셋. 열, 이십, 삼십, 구십, 백, 백오십, 이백. 순식간에 숫자가 늘어나고, 이내 도열해 있던 남궁세가 무인 전체가 중천의 뒤를 따라 내달렸다.

우와아아아아!

거대한 창천후(蒼天吼)가 소요진을 꿰뚫었다.

눈보라가 파스스 떨릴 정도의 거대한 소리였다. 내력이 가득 실린 이 창천후는 중천이 아닌, 남궁세가주 남궁현성을 위해 나온 소리였다.

분노 가득한 그의 외침.

"거, 그놈의 성절머리 하고는… 쯔쯔."

그때 무혜의 뒤에서 걸걸한 목소리가 들렸다. 무혜의 고개가 자동으로 돌아갔다. 기척이야 원래 잘 못 느끼니 그렇다

쳐도, 남궁중천에게 성질머리가 나쁘다고 하는 사람이 누군지 궁금했기 때문이었다.

한둘이 아니었다.

거의 스물에 가까운 사람이 저 멀리서 걸어오고 있었다. 그냥 육안으로 확인하기에도 그들의 나이는 지긋해 보였다.

적어도 남궁현성의 윗줄이다.

할아버지라고 불려도 좋을 얼굴들이다.

"장로원의 어르신들이구나."

남궁유청이 조용히 그들의 정체를 무혜에게 알려줬다. 남궁유청은 그들이 일정 거리 안으로 들어오자 자세를 바로하고 경건히 예를 취했다.

가문의 어른이 묵는 곳이 바로 장로원이다. 장로원의 뒤로 원로원이 있지만 그들이야 거의 구파의 신선처럼 세가의 일에는 일절 관여를 안 하니 예외다.

어쨌든 그런 남궁세가를 지탱하는 또 다른 기둥이 바로 장로원. 가장 앞에 서서 다가오면서 손을 휘휘 젓는 이가 바로 현 장로원주, 남궁기태다.

그리고 그가 남궁중천에게 성질머리 나쁘다고 뭐라 한 장본인이기도 했다.

"유청이냐?"

"예, 어르신. 오랜만에 뵙습니다."

"허어."

남궁기태의 눈이 남궁유청의 전신을 쓸어봤다.

그러더니 곧바로.

"쯔쯔."

혀를 찼다.

남궁유청은 그 행동에 아무런 말도 하지 않았다. 아니, 못했다고 보는 게 더욱 정확했다. 남궁유청도 할아버지 소리를 들을 나이지만 장로원주 남궁기태는 거의 원로에 가깝다. 세대가 하나 이상 난다는 소리다.

나이로 따져도 스물 이상.

아들뻘이다.

그러니 아무런 말도 못하는 것이다.

"이놈, 비천객인가 뭔가를 따라가더니 검귀가 다 되어 왔구나."

"……."

"온몸에 피 냄새가 아주 진동을 한다, 진동을 해. 이놈아, 어쩌자고… 쯔쯔."

"……."

"코가 썩겠다. 비켜서라."

"예……."

남궁유청이 찍소리도 못하고 물러났다.

그러자 그 뒤에 있던 무혜와 남궁기태가 마주쳤다.

"……."

"……."

조용한 침묵이 흐르기 시작했다.

우와!

죽여!

이 개새끼들아!

살벌한 욕설이 들려오기 시작했다. 교전이 시작된 것이다. 그러나 그런 것에 영향을 받지 않는 듯, 남궁기태는 가만히 무혜의 얼굴을 바라봤다. 눈동자가 형형했다. 그냥 보는 건 아니라는 뜻.

그러다 이내 머리끝부터 발끝까지 싹 훑어서 내려오기 시작했다. 불쾌한 감정이 담기지는 않았지만 아녀자를 그렇게 본다는 것은 분명 무례다. 하지만 그 누구도 그걸 문제 삼지 않았다.

대상자인 무혜도.

이내 발끝까지 내려온 이후 다시 무혜의 얼굴을 바라본 남궁기태가 입을 열었다.

"너구나. 연화의 딸이."

"……."

무혜는 대답 대신 눈매가 꿈틀거렸다.

이 사람도 알고 있다.

장로원주쯤이면 당연히 알고 있을 법도 하지만, 생각보다 이 같은 사실을 아는 사람이 많다는 게 놀랍고 불쾌했다.

불쾌한 이유는 당연히 하나다.

알고 있다.

그럼 남궁현성의 생각을 지지하는 사람이거나 알면서도 방관한 사람인 것이다. 그러니 어느 쪽이라도 불쾌했다.

마음에 들지 않는다는 소리다.

"눈동자에 불만이 가득하구나. 천리통혜라 불린다더니 이리 속마음을 쉽게 내비치면서 어찌 군사의 중책을 맡는단 말이냐."

"걱정 안 하셔도 될 것 같습니다만."

"허헛! 그래. 내 상관할 바는 아니다. 따지고 보자면 남이니 말이다. 하나 알아두어라. 그리 칼을 뽑고 있는 적이 가장 상대하기 쉽다는 것을 말이다."

"……."

저벅.

남궁기태가 한 발자국 앞으로 나섰다.

그리고 저벅저벅, 무혜의 옆을 스쳐 가면서 다시 말했다.

"칼은 안으로 숨기는 법을 배우도록 해라."

"……."

그 말과 함께 성큼성큼 걷던 남궁기태의 신형이 쭈욱 늘어났다. 신법을 펼친 것이다. 그 뒤를 따라 장로원의 장로 스물이 쉬쉬 소리와 함께 사라져 갔다. 말 그대로 사라져 갔다. 그러더니 번쩍, 번쩍번쩍. 눈 덮인 소요진 곳곳에서 나타났다.

가히 절정의 경신공부.

하나하나가 절정을 넘어 그 이상을 바라보는 장로원의 인물들이었다. 그걸 무혜는 보지 못했다. 그들의 경지를 알아볼 실력도 없었고, 남궁기태의 말이 무혜를 흔들어 놓았기 때문이다. 무혜를 흔들 수 있는 유일무이한 역린을 건드렸다.

까드득!

그래서 대신 이가 갈렸다.

주먹을 꽉 쥐고 끓어오르는 화를 감당하고 있었다.

후우…….

그리고 다시 숨을 내뱉으며 화를 진정시켰다. 며칠 동안 극에서 극으로 왔다 갔다 하는 감정 때문에 현기증이 날 정도다.

아니, 실제로 현기증이 엄습했다.

"으음……."

스윽.

무혜가 신음을 흘리고 비틀거리자 곧바로 남궁유청이 무혜를 부축했다.

"괜찮으냐?"

"예, 예. 어르신. 괜찮습니다."

"안으로 데려다 주마. 군사는 좀 쉬어야 할 필요가 있어 보이네."

"아닙니다."

슥.

남궁유청의 품에서 나오며 무혜는 고개를 저어 대답했다. 자신은 군사. 가긴 어딜 간단 말인가. 이 전장이 어떻게 흘러가는지 눈으로 확인할 필요가 있었다. 아니, 반드시 그래야 한다. 그래야 유동적으로 명령을 내려 대처할 수 있으니까.

변수.

전장에서 가장 조심해야 할 녀석이다.

변수가 튀어나오는 순간 즉각 잡아 목을 쳐야 하는 것도 무혜의 임무다. 다시금 꼿꼿하게 서서 전장을 살펴보는 무혜를 보면서, 남궁유청은 고개를 절레절레 저었다. 그가 알고 있는 모든 여인 중, 정말 무혜만큼 독한 여인은 단연코 아무도 없었다.

강호에서 그렇게 유명한 사천당가.

남궁유청도 당가에 적을 둔 여인 몇 명을 알고 있지만 무혜만큼 독하지는 않았다. 아니, 못했다.

다른 건 몰라도 가족에 관련된 일이 나오면 무혜는 정말 딴 사람이 되는데 남궁유청은 그게 걱정스러웠다.

저런 것은 독이라는 것을… 정신수양을 질리게 겪은 남궁유청은 잘 알고 있었으니 말이다. 그러니 쉬라고 권유를 한 것이다.

하지만 무혜의 입장도 생각해 보면 이해는 갔다.

군사인 무혜는 이곳에서 벗어나면 안 된다.

남궁유청 본인을 눈과 귀로 활용해 전장을 샅샅이 살펴봐야 한다. 군사는 모든 것을 꿰고 있어야 한다.

기본 중에 기본이다.

"상황은 어떻습니까?"

"음……."

무혜의 말에 남궁유청은 상념을 멈추고 바로 전방으로 시선을 돌렸다. 어둡다. 무혜의 시력으로 전장을 보는 것은 무리다. 그러니 남궁유청이 무혜의 옆에 있다.

그는 바로 내력을 돌렸다.

창궁대연신공(蒼穹大衍神功)의 내력이 둑 터진 물길처럼 그의 사지백해로 퍼졌다. 그렇게 가득 채워 온몸을 각성시킨 다음 안법의 구결을 따라 흐르기 시작했다.

"으음……."

극한으로 밝아진 그의 시야에 전장의 모습이 잡혔다. 전장이란 으레 그렇듯 처참하다. 하지만 어째 오늘은 그 처참함이 더욱 심한 것 같았다.

기세를 탄 곳은?

'푸른 무복. 남궁세가다.'

순식간에 희열이란 이름의 감정덩어리가 뇌리에서 갈래갈래 풀어져 나와 남궁유청의 전신으로 내달렸다.

군사의 작전이 먹혔다.

독으로 인한 혼란유발. 직후 타격.

지극히 간단하지만 제대로 틈을 맞춰 들어간 공격이 멋지게 성공하고 있었다.

"남궁세가의 무사가 압도하고 있구나. 군사의 작전이 맞았어!"

남궁유청의 격한 대답에 무혜는 조용히 미소를 지었다. 그러나 그 미소는 기뻐서 나오는 미소와는 조금 달랐다.

희(喜)의 감정이 담긴 건 맞는데, 그 안에 하나가 더 들어가 있었다. 날카로운 눈매, 말려 올라간 입 꼬리, 시리게 빛나는 눈동자. 그리고 기세.

이 네 가지를 종합해 보면…….

살(殺).

무혜가 지은 미소는 살소였다.

후후후.

남궁유청은 그 미소에서 귀신 소리를 들었다.

저도 모르게, 아주 찰나 간 본능적으로.

第百四十四章
삼대검(三大劍)

사삭!

사사사사삭!

간드러지는 소리.

물경 삼백이 넘는 철검대와 창천대가 움직이며 나는 소리였다. 눈밭 위를 평지처럼 달리는 그들의 모습은 장관이었다. 족적도 크지 않았다. 전설상의 경지, 답설무흔까지는 아니지만 그래도 거의 눈 위에 자국은 남지 않았다.

슥.

가장 선두에 달리던 단단한 무인이 멈춰 섰다.

철검대의 대주. 철대검 남궁철성이었다.
“여기서 잠시 쉰다.”
그는 손을 들어 이동 중지를 알리고, 다시 명령을 내렸다. 언덕을 올라와 한참을 달렸다. 남궁철성은 두 검대가 나눠 쉬는 걸 보고 주변을 둘러봤다. 한겨울의 삭풍에 잎이 모두 떨어진 숲이라 을씨년스러웠다.
흔히 바짝 마르면 뼈만 남았다고 말한다.
이 숲이 그랬다.
잎이 다 떨어지고 원래 나무 종이 그런지 앙상한 모습을 하고 있었다. 그 사이로 눈보라가 스쳐 지나간다.
바람을 막아줄 곳은 어디에도 없었다.
남궁세가처럼.
“이 상황에 감상에 빠지는 건가?”
“이런, 설마. 하하하.”
남궁유성의 물음에 남궁철성은 그냥 가볍게 대답하고는 웃었다. 그러자 남궁유성도 주변을 훑어봤다.
찬찬히 돌아본 그가 다시 남궁철설을 바라봤다.
“죽을 자리 같나?”
툭하고 나온 말에 남궁철성의 인상이 살짝 찌푸려졌다.
“재수 없는 소리는.”
“어쩐지 내겐 그리 느껴져서 말이야.”

"어이, 천하의 창천대검이 왜 이렇게 약해졌지?"

"나이 먹어서?"

"굉장한 농이군."

천하의 창천대검이 늙었다?

아니, 전혀.

오히려 한창때다.

무인으로서 정점의 무력을 선보일 수 있지만 반대로 떨어지기도 하는 불혹과 지천명의 딱 중간이다.

사십오 세.

그중 검(劍)에 들인 세월이 사십 년.

원숙함은 물론 그 모든 게 갖춰져 있는 나이다.

"쓸데없는 소리 하지말지?"

"하하, 그런가?"

"감상에 빠진 건 내가 아닌 자네 같은데?"

"그럴지도."

스르릉.

대답과 함께 남궁유성의 검을 뽑아 들었다. 맑고 청명한 소리. 그리고는 한곳을 바라봤다. 자신들이 왔던 길보다 좀 더 위.

"온다."

짧게 딱 한마디만 내뱉고는 그대로 몸을 날렸다. 극성의 천리호정의 공부. 그의 신형은 순식간에 푸른 그림자가 되었다.

반응은 즉각 나왔다.

이미 남궁철성도 알고 있었다. 사실 남궁유성을 생각해서 말하지 않았을 뿐, 남궁철성의 무력은 남궁유성을 넘어선 지 오래였다. 다만 친우가 기분 나쁠까 봐 말을 꺼내지 않았다. 자존심이 강한 친구이니 말이다. 그런 감정을 숨긴 남궁철성도 움직였다.

"가자!"

남궁철성의 신형도 즉각 튀어나갔다.

탄탄하고 다부진 육체에 어울리지 않게 빨랐다. 말 그대로 빨랐다. 어느새 쭉쭉 뻗어나가 남궁유성의 뒤로 붙었다.

그 뒤를 삼백의 무인이 따라 붙었다.

사삭!

사사삭!

교전은 허락됐다.

그렇다면 임무는?

깨트리고 본진의 옆구리를 쑤셔 버리는 것.

그게 불가능하면 적을 잡아둘 것.

천리통혜가 철검대와 창천대에게 요구한 사항이다.

언덕을 올라서는 검은 그림자가 보였다.

살기등등한 모습을 넘어 광기에 젖어 있는 기세. 그걸로 보아 알 수 있었다. 이들, 군벌의 살육병들이다.

하지만 느껴지는 기세는 기존 살육병과 달랐다. 그 살벌한 기세 속에 숨어 있는 첨예한 예기가 느껴졌다.

그 끝이 굉장히 날카로워 찔리는 순간 숨이 단절될 것 같은 예기.

"정예다! 정신 똑바로 차려! 차앗!"

그 외침과 함께 남궁유성의 신형이 전방으로 쭈욱 날아갔다. 신형을 띄운 것이다. 그리고 언덕을 막 오르고 있는 선두에 그대로 떨어졌다.

쩌저정!

강대한 검력(劍力)이다.

천뢰기의 내력으로 섬전십삼검뢰(閃電十三劍雷)의 후반식 검뢰를 강림시켰다.

그러나 북 터지는 소리가 들렸다.

뜻은 하나.

막혔다는 것.

가장 선두에서 올라오던 애꾸눈의 무인이 거대한 참마도(斬馬刀)로 남궁유성의 검뢰를 옆에서부터 후려쳐 버린 것이다.

팽그르르르!

남궁유성의 신형이 팽이처럼 돌았다.

일견 보면 위험해진 상황.

그러나 그 순간에도 검격은 뿌려졌다.

샤!

샤샤!

은빛 빛줄기가 유려하게 뻗어져 나와 궤적 스무 가닥을 만들어냈다. 쩡! 쩌적! 쩌쩡! 그러나 그 모든 궤적이 참마도에 막혀 나아갈 길을 잃고 스러졌다.

다만, 완전하게 막지는 못했다.

내력의 힘에 밀려 공중에 붕 떠 뒤로 날아갔다.

"칫."

짧은 짜증 섞인 탄성과 함께 공중에서 몸을 뒤집는 참마도의 무인. 몸의 움직임도 수준급이었다. 결코 어중이떠중이가 보일 수 있는 모습이 아니었다.

쿵.

뒤집은 순간 갑자기 중력이 급증했는지 바닥으로 급속도로 떨어져 내렸고, 눈 덮인 대지에 두 발이 푹 파고 들어갔다.

으하하하!

죽여! 모조리 죽여!

괴성이 난무하고 언덕 위로 군벌의 살육병이 속속 뛰어 올라왔다. 그리고 그들을 맞이하는 철검대와 창천대.

쩡!

쩌정!

콰가가가각!

시작부터 전력이었다.

내력이 부딪쳐 공기가 터지고.

바닥에 부딪친 무기가 눈 덮인 땅을 쪼개고 흑갈색의 속살을 헤집었다. 철검대와 창천대의 무사들은 과연 천하제일가의 한 축을 담당하는 무력단체였다. 지독한 욕설, 광기에 가득 찬 공격에 전혀 동요하지 않았다.

쩡!

쩌적!

철검대가 앞에서 진형을 길게 펼쳐 살육병의 공세를 막아냈다.

푹!

서걱.

그 뒤는 창천대의 임무였다.

공격이 막히고 난 작은 틈을 노리고 서늘한 내력을 품은 검격이 곳곳으로 쑤시고 들어갔다.

찌르고 가르고 끊어버리는 일격들.

기세로만 따진다면 군벌의 살육병이 위다.

전장의 거대하고 참혹한 광기에 잡아먹힌 이들이 내뿜는 기세는 일반 병사의 기운과는 전혀 다르다.

반드시 적을 죽이겠다는 필살의 의지가 있다. 게다가 이들은 그중에서도 살아남은 이들. 적정선의 이성은 유지하고 있었다.

광기는 모든 것을 덮을 수도, 뒤집을 수도 있다.

하나둘이 아닌 수백의 광기면 말할 것도 없다.

잡아먹힐 가능성이 농후하다.

그러나 그건 일반적인 상황에서의 얘기다. 일반적인 병사를 상대했을 때의 얘기다. 이들이 상대하는 무인은 천하제일가를 지탱하는 네 개의 기둥, 그중 하나를 당당히 차지하고 있는 무인들이다.

격이 다르다.

격이.

푸가가각!

“크악! 막아! 앞에 뭐해! 아니면 올라가든가!”

“씨부랄! 그게 쉬운지 알아! 개자식아 네가 해보든가!”

“뭐, 이 새꺄!”

아군끼리의 다툼도 군데군데 일어났다.

각각 연계는 별로 좋지 못하다는 뜻이다. 탄탄한 방어와 날카로운 공격에 맥을 못 추는 건 아니지만, 뚫을 수가 없다.

언덕의 고지전이라 더욱 그랬다.

운이 좋게도 옆으로는 깎아지른 절벽이 있어 다른 곳으로 올라오기도 힘들다. 전장의 선택을 남궁세가가 기막히게 선

점했다. 물론, 천리통혜의 혜안이다.

"밀어! 몸으로 밀어서 올라가!"

"밀지 마, 이 새끼들아!"

욕설과 고성이 난무하고, 서로의 행동이 일치되지 않는다.

좋은 현상이다.

콰가가가각!

"아악!"

"피해!"

남궁철성의 일격이 떨어졌다.

철검식의 무지막지한 압력을 담은 검격은 중검의 묘를 담아 검기의 발출로 이어졌다. 눈밭을 파헤치고 그대로 올라오던 대여섯의 군별 살육병을 덮쳤다.

쩡!

쩌저적!

"뭐가 이리 무거워 썅!"

"철검식! 삼대검이냐!"

파삭!

가장 선두에서 막았던 두 살육병의 무기가 깨졌다. 그리고 동경에 금이 가는 것처럼 거미줄이 쭉쭉 가더니 완전히 깨졌다.

그 다음은 길이 열린 철검식의 검기가 살육병의 육체를 헤집었다.

꾸욱.

"으으으!"

"크아악! 아악! 이런 개……!"

눕혀놓고 발로 밟은 것처럼 타격 부위가 짓눌려 갔다. 가르는 게 아닌 압력 자체를 행사하고 있었다.

철검식의 후반식이 가진 이상현상이다.

푸확!

압력이 최대치로 올라가고 몸이 터졌다.

씨발……!

하고 격렬한 외침은 터지다가 말았다. 유언도 되지 못한 것이다.

"그래, 이놈아. 내가 철대검 남궁철성이다."

저벅, 저벅저벅.

뒤에서 진형을 짜고 지시를 내리던 남궁철성이 전면으로 나선 것이다. 그의 등장은 등장만으로도 주변에 뿌리는 힘이 있었다.

절정의 검사, 라는 말도 부족한 무인.

이미 일가를 이루고 종사의 단계를 밟아가는 게 사실 삼대검이다. 만약 종신으로 남궁세가와 함께하지 않았다면 이미 하나의 무가를 세웠어도 부족하지 않다. 그리고 남궁현성은 말했다. 자신과 삼대검의 차이는 종이 한 장 차이라고. 그 한 장 차이도 자신이 잘나서가 아닌 직계비전무공 때문이라고.

결국 검왕 남궁현성과 비교해도 결코 부족하지 않다는 소리다. 아니, 철대검은 이미 가주를 넘어섰다.

단지 말하지 않아서 아무도 모를 뿐.

그러니 철대검의 등장은 그 자체만으로도 적에게 압박을 선사했다.

"누가 막을 거야!"

"광랑! 광랑! 이 새끼 어디 갔어! 삼대검은 손대지 말라며! 니꺼라며!"

소란이 일었다.

선두의 군벌 살육병들은 누군가를 찾았다.

크하핫!

쩌렁쩌렁한 광소가 울렸다.

"비켜!"

쭈욱!

언덕 저 아래서 검은 그림자가 솟구쳤다.

광소와 함께 솟구친 그 그림자는 그대로 남궁철성에게 쇄도했다. 순식간에 몇 장의 거리를 도약해서 날아오는 자의 무위는 한눈에 봐도 범상치 않았다.

"광랑? 광랑 이무성?"

유명한 자다.

물론, 햇빛 아래서가 아닌 어두운 그늘에서 유명한 자다. 미친 늑대라는 별호는 음지의 어둠을 살라먹고 사는 자라면 모두가 아는 별호.

청부업으로 먹고 사는 자.

단, 그 청부 중에 살인은 받지 않는다.

해결사.

즉, 낭인에 가까운 자다.

그러나 낭인답지 않게 무위는 절정을 넘어섰다. 그가 받아온 청부업 중에서 살인이 일어난 일은 몇 개 없다. 그리고 광랑이 죽인 자들은 전부 음지에서 절정지경이라 칭해지던 고수였다.

그러니 자연스럽게 그도 절정지경의 고수라는 뜻이 된다.

그런 광랑을 남궁철성이 알고 있는 이유는 딱 하나. 광랑이 남궁세가에 원한을 가지고 있기 때문이다.

사업 문제였다.

긴 얘기는 필요 없이 그냥 사업 문제 때문에 광랑의 집안은 남궁세가에 먹혔다. 그러나 남궁세가에도 명분은 있었다.

광랑의 부모가 욕심이 과해 남궁세가의 영역을 침범하는 걸로 그치지 않고 야금야금 남궁세가의 세를 파먹었으니까.

구두 경고 세 번.

무력시위 한 번.

그마저도 무시하자 남궁세가의 분노를 받았다.

물론 이건 남궁철성 정도 되는 자리에 있으니 아는 이야기다. 그리고 당연히 불문에 붙여진 이야기고.

"드디어! 드디어 만났구나! 크하핫!"

하늘은 원한이 깊은 자에게 힘을 준다더니.

광랑이 그 짝이다.

쉐에엑!

그의 주먹이 벼락처럼 남궁철성의 옆구리로 쇄도했다. 벼락의 강함, 빠름, 그리고 늑대 이빨의 날카로움까지.

세 줄기 궤적을 그리고 들어간 광랑의 주먹은 그대로 남궁철성의 옆구리에 틀어박히는 것처럼 보였다.

쩡!

쩌정!

그러나 손목을 털어 가볍게 검을 뿌리는 남궁철성의 방어에 모조리 막혔다. 느껴지는 충격으로 보아 전부 진짜다.

소리가 세 번이나 울린 게 그 증거였다. 강하다.

"좋군."

찌르르한 울림이 손아귀에서 느껴진 남궁철성이 입가에 미소를 그리며 말했다. 그러자 광랑의 얼굴이 일그러진 것은 당연한 수순이었다.

쉐엑!

광랑의 주먹을 막아낸 그의 검이 순식간에 그의 목젖을 노렸다. 쾌검이다. 그가 철검식만 펼친다고 생각하면 오산이다. 철검식은 그가 가장 잘 펼칠 수 있는 대표검식일 뿐이다. 이미 남궁세가 모든 검법을 일정 이상 익혔다.

고혼일검(孤魂一劍).

남궁세가의 대표적인 쾌검공이다.

"흥!"

콧방귀 소리와 함께 푸르스름한 궤적이 생겨났다. 광랑의 손에 차고 있는 푸른 수투가 잔상을 만든 것이다.

타앙!

경쾌한 소리와 함께 고혼일검이 튕겨 나왔다.

가가가각!

동시에 휙 하고 휘둘러진 그의 손이 남궁철성의 검을 잡았다. 수투와 검날이 만나 기괴한 소음을 만들어냈다.

"어허."

퉁.

가가각!

남궁철성이 어림도 없다는 듯한 소리와 함께 검을 손목의 힘으로만 튕겨 냈다. 그러나 그 순간에도 놓치지 않으려고 광랑의 손이 춤을 췄다.

날카롭고 치명적인 움직임이다.

이리의 송곳니.

광랑이 현란하게 움직였다.

사삭.

사사삭.

좌, 우, 전진과 후퇴를 거의 동시에 밟아가고 있었다. 버들가지가 흔들리는 것처럼 상체가 낭창낭창 휘었다. 상체의 흔들림은 유려하게 휘어 남궁철성을 압박해 왔다.

사악.

푸른 궤적 한가닥이 남궁철성의 안면으로 휘어 들어왔다. 버들가지의 흔들림 속에 치명적인 독아가 숨어 있었다.

쩡!

그러나 남궁철성에겐 역부족이다.

압박?

상대를 봐가면서 했어야지.

압박으로는 최강을 다투는 검사가 바로 남궁철성이다. 철검식의 구결이 풀려 나오면서 그의 기도가 확 변했다.

"압박을 논해보시겠다? 어림도 없다, 이놈아!"

촤락!

곱게 상단으로 올라갔던 검이 벼락처럼 떨어져 내렸다. 중검이라고 느리다 생각하면 크나큰 오산이다.

쾌검, 중검, 환검.

그 어떤 방식에도 철검식의 구결을 심어 검을 뿌릴 줄 아는 게 남궁철성이다. 벼락처럼 떨어진 일격은 분명 쾌검이다.

콰앙!

폭탄이 터진 것처럼 대지가 흔들렸다. 눈과 흙이 섞여 사방으로 비산했다. 눈 한 번 깜빡일 순간에 떨어진 일격.

그러나 광랑은 이미 사정권에서 벗어나 있었다. 권장지공을 쓰는 고수답게 경신법과 보법이 뛰어났다.

게다가 그는 음지의 전장을 겪은 자다.

변칙적인 공격은 정말 그 궤를 달리한다.

촤악!

그의 발길질에 눈과 흙이 파여 비산했다. 하지만 남궁철성의 검에 터진 것처럼 사방팔방이 아니라 일자로 쭉 뻗어나갔다.

목표는 남궁철성의 안면이다.

"하하."

사르륵.

그의 검이 전방에서 반원을 그렸다.

칼끝이 닿는 부분의 공간이 밀려 나갔다. 눈보라가 쑥 밀려 나가는 걸 보아 풍압을 만들어낸 것 같았다.

바람이 밀려나면서 그 안에 광랑이 뿌린 흙도 같이 밀려 나갔다. 반원을 그렸던 검은 멈추지 않고 한 바퀴를 더 돌았다. 그리고 다시 선을 그렸다. 선은 광랑의 목으로 이어졌다. 쩡! 손바닥으로 툭 쳐내니 검이 위로 튕겨졌다.

사악.

광랑의 신형이 급속도로 남궁철성의 품으로 파고들었다. 정말 순간적으로 파고든 광랑이 손바닥으로 옆구리를 쳤다.

쩡.

그러나 어느새 남궁철성은 회수한 검으로 가볍게 광랑의 손바닥을 막았다. 게다가 뒤로 밀리지도 않았다.

그그극!

밀리지 않는 걸로도 모자라 검이 뒤집히면서 날로 광랑의 손을 긁었다. 하지만 기음만 울렸고 광랑의 손은 멀쩡했다.

광랑의 내력도 내력이지만 수투 또한 범상치가 않았던 것이다.

"기물이구나."

"참천갑이라하지! 하늘도 끊어낼 수투! 크하핫!"

"참천이라."

"푸른 하늘 따위! 모조리 찢어주마!"

"할 수 있다면 해보시게나."

근거리서 광랑은 으르렁거렸다.

짐승의 으르렁거림이다. 상처 입은 야수. 광랑을 가장 잘 표현할 수 있는 단어였다. 그러나 남궁철성은 처음부터 지금까지 굴욕적인 언사를 들어도 아무런 동요가 없었다.

괜히 천하대협이 아닌 것이다.

대협이란 단어는 보통 강호에서 잔뼈가 바짝 굵은 사람을 부르는데 사용되는 호칭이지만 별호에는 쉽게 들어가지 않는다.

별호에 대협이란 단어가 들어간다는 것 자체가 남궁철성의 성품이 어떤지 짐작이 가능하지 않은가?

쉑.

뱀의 혓소리와 같은 파공음이 들렸다.

말아 쥔 주먹이 기쾌한 움직임을 보였다. 살랑거리면서 날아오는 것 같은데 그 일격에는 살기가 충천해 있었다.

쩡!

역으로 검을 쥐고 아래에서 위로, 손목을 노리고 남궁철성의 검이 움직여 그 공격을 쳐냈다. 쉬익!

손목을 노리고 검이 날아들자 역시 광랑의 공격도 궤도의 변화를 보였다. 꿈틀거리더니 어느새 안쪽으로 파고들었다.

검을 쳐내고 그 다음 바로 주먹이 펴졌다. 아귀로 검을 잡자 다시 가가가각! 긁히는 소리가 들렸다.

내력끼리의 충돌이었다.

우웅!

우웅!

검과 주먹이 마구 진동했다.

"크크크크!"

잡았다!

광소와 함께 광랑이 낮게 강렬하게 으르렁거렸다. 미친 늑대가 별호인 이유를 그대로 보여주고 있었다.

그러나 남궁철성은 굳지 않았다.

검수가 검을 잡히는 건 팔이 구속당하는 것과 같다. 하지만 그거야 그냥 검수일 때 적용되는 이야기고, 남궁철성 정도 되는 검수는 결코 그 부류에 속하지 않는다.

스륵.

손목이 돌아가면서 검이 돌아갔다.

잠시 빠르게 좌우로 흔들자 조그마한 틈이 만들어졌다.

쏙.

그 순간 검이 빠지고.

사악!

쾌속의 고혼일검의 다시금 펼쳐졌다.

쩡!

"큭!"

이번 일검은 정확히 광랑의 가슴을 때린 것처럼 보였다. 하지만 보였을 뿐이다. 소리에서 알 수 있듯이 막혔다. 마지막 순간 광랑의 손이 급히 올라가면서 검의 면을 때려 진로를 비틀었다. 공기 터진 소리가 난 이유였다.

베였다면 아마 서걱! 하고 갈렸을 테니까.

하지만 아예 소득이 없는 건 아니었다.

급히 쳐 내느라 내력이 제대로 실리지 못했고, 그 때문에 내상을 입었다. 일그러진 얼굴과 짧은 신음.

그게 증거다.

"어린놈이 제법이야. 하지만 여기까지 하도록 하지."

남궁철성은 대인배다.

하지만 때를 가릴 줄 안다.

지금은 대인배의 기질을 보여줄 때가 아니라 빨리 이 대결을 정리하고 적을 궤멸시켜야 할 때다.

그런 중요한 사실을 남궁철성이 모를 리 없었고, 그를 철대검이라 부르게 만든 성명절기가 펼쳐지기 시작했다.

웅웅.

공기가 진동을 했다.

검이 낮게, 잘게 바르르 떨었다.

동시에 엄청난 존재감이 남궁철성을 휘감았다.

철대검의 진심전력.

남궁세가가 자랑하는 삼대검이 진정한 무력을 뽑아내고 있는 것이다. 그리고 그에 맞춰 둘의 격전지에서 조금 떨어진 곳에서도 가공할 기세가 퍼지기 시작했다.

푸르른 창천의 기세.

창천대검 남궁유성의 기세다.

화아아악!

순식간에 소요진 우측 언덕에 삼대검 중 이 인의 기세가 퍼지기 시작했다. 하지만 마도의 세력에 진짜배기가 없는 건 또 아니었다.

없었으면 이 전쟁에 끼어들지도 않았을 것이다.

으하하하!

굉소(轟笑)가 마치 화답하듯이 공간을 뒤흔들었다.

적색 무복.

타오르는 태양의 색을 닮은 붉은 머리카락이 인상적인 무인이 무시무시한 속도로 남궁철성에게 쇄도해 들어왔다.

쩌저저저저정!

난타.

순식간에 도달, 서로 도합 여섯 합을 주고받았다. 그 후 서로 튕기듯이 물러나 서로 마주했다. 이미 광랑은 그 사이 빠르게 이탈, 남궁유성이 있는 곳으로 달려갔다. 그쪽으로 합류해서 이 대 일의 전투를 펼칠 생각이었다. 남궁세가에 적의, 원한이 있으면서도 이 같은 행동을 했다는 것은 자신이 철대검을 막지 못한다는 것을 알고 있다는 뜻이고, 이성의 명령을 받아 들였다는 뜻이었다. 복수심에 미쳐 불구덩이 속으로 뛰어드는 불나방과는 역시 달랐다.

완전히 미친 늑대는 아니었던 것이다.

남궁철성은 그걸 전부 보았으면서도 말리지 않았다.

창천대검 남궁유성.

저 정도 애송이 하나가 더 간다고 당할 친구가 아니라는 것을 잘 알기 때문이다. 하지만 힐끔, 그가 있는 곳을 주시하는 본능적인 행동은 막지 못했다. 하지만 주시는 잠깐이다. 곧바로 전방으로 시선을 돌렸다.

눈앞에 있는 자, 잘 아는 자였다.

"검마구나."

"크크크, 오랜만이야. 철대검."

구양가가 배출한 검에 미친 악마.

구양단악(九陽斷嶽).

오래전 그와 검을 겨뤄본 적이 있는 남궁철성이다. 그때 남궁철성은 옆구리가 갈렸고, 구양단악도 마찬가지로 옆구리가 갈렸다.

서로 일격을 주고받고 어쩔 수 없이 물러섰다.

그때가 바로 남궁현성과 구양강일이 서로 겨루고 있을 때였다. 그곳에서 떨어진 다른 곳에선 둘이 겨루고 있던 것이다.

그 이후 드디어 다시 만났다.

남궁철성은 웃었다.

"이번엔 옆구리로 부족하겠지?"

"크크, 그럼. 최소 목은 내놓아야지."

"재미있군. 네 목이 될까, 내 목이 될까. 내기 한 번 해볼까?"

"크하핫! 그거 재밌겠군! 뭘 걸 거지?"

"목을 거는 마당에 더 걸어야하나? 떨어지고 나면 줄 사람도 없고, 받을 사람도 없는데 말이야."

"크흐! 그럼 내기란 말을 하질 말던가."

"맞군. 실언이라 생각하게."

"크흐흐……."

둘은 농담 같은 진담을 주고받았다.

주변에서는 피가 튀고 살이 갈라지고 있는데도 말이다. 이 둘이니 이렇게 여유가 있는 것이다. 둘 정도 되는 경지에 오르면 당연히 침착해지게 마련이다. 남궁철성이야 말할 것도 없고 검마 역시 마찬가지다. 검마라고는 하지만 그냥 단순히 검에 온 평생을 던진 무인일 뿐이다. 성향을 빼면 지극히 정상.

여유야 당연히 있었다.

이런 여유는 스스로에게 탑재된 무력 자체에서 나온다.

그리고 온전한 자심감에서도 나온다.

남궁철성이 입을 열었다.

"시작하지."

"크흐흐."

구양단악의 웃음은 그러자는 화답이었다.

스가앙……!

예고도 없이 공간을 가로질러 시꺼먼 빛줄기가 솟구쳤다

선공은, 구양단악으로부터 시작됐다.

第百四十五章 장로원(長老院)

우르릉!

콰가각!

퍽!

뇌성과 함께 상단에서 떨어진 검격은 모든 것을 압도했다. 막아도 소용없는 일격. 검으로 막으면 검을 그대로 부수고 육신을 터트렸고, 육신에 내력을 돌려 막아도 마찬가지였다.

천뢰제왕신공.

천하제일가를 지탱하는 힘 그 자체다.

초대가주가 만든 하늘의 힘을 다루는 공부.

오직 가주 직계에게만 전수되는 천뢰제왕신공은 여타 세가 내 다른 공부와 비교를 불허했다.

비교 자체가 안 되는 이유는 역시 딱 하나.

차원이 다르기 때문이다.

격이 다르기 때문이다.

중천검왕.

그가 휘두르는 검에는 천뢰제왕신공의 막대한 내력이 담겨 앞을 막는 모든 것을 부수고 태웠다.

우르릉!

콰직!

"아악! 뭐냐고!"

"씨발! 배! 아으……!"

단문영의 독은 훌륭하게 먹혔다.

이미 소요진 중앙은 구린내가 진동을 했다. 면역 체계를 피해 인체로 기어들어간 이질독이 그들의 배에 혼돈을 생성했다.

혼돈은 대장(大腸)의 움직임을 미치도록 활발하게 만들었다. 정말 말 그대로 미치도록. 내력으로도 제어가 불가능할 정도로 움직이는 대장 활동에 식은땀을 흘리거나, 결국 싸질러 버려 허탈함에 젓게 만들어 버렸다.

그게 태반이었다.

그런 상황에 들이닥친 남궁세가의 무인은 그들에게 악몽이었다. 생각해 보라. 다 큰 어른이, 그것도 일정 경지 이상에 든 무인이라는 작자가 겨우 장 활동도 막지 못해 실례를 했다는 사실을.

창피해서 얼굴도 못 들 것이다.

만약 일대일 대결 중에 그랬다면 매장이다, 매장. 영영 강호에서 떠나 심산유곡에 처박혀 살아야 했을 것이다.

수치고, 모욕이다.

그러니 이를 악물고 참았다.

죽어도, 결단코!

무슨 일이 있어도!

장 활동만큼은 막아야 했다.

뿌직.

뿌지직.

그러나 소요진 곳곳에서 산발적으로 육체 안에 머물던 노폐물이 장 밖으로 밀려 나오는 소리가 들렸다.

무인의 자존심이 개박살 나는 소리였다.

"크으으……! 아으 좀! 좀 이따 하자고!"

"비겁한 새끼들, 쓸 독이 없어서 이딴 독이냐 쓰냐! 아악! 썅!"

"나온다! 나와……!"

곳곳에서 비명과도 같은 외침이 들려왔다.

새벽에 일어나 냉수를 사발째 몇 차례나 들이켜도 이렇지는 않을 것이다. 심해도 이건 너무 심했다. 독이라는 것을 군벌의 살육병은 알아차렸다.

비겁을 논하니 후각을 막고 검을 기계처럼 휘두르던 남궁세가 무인들의 입가에 피식, 비웃음이 맴돈다.

비겁?

“살인에 미친 자도 남들 앞에서 똥 싸는 게 무서운가?”

퍼걱!

중천의 입에서 험악한 소리가 흘러나왔다. 그러면서도 손은 쉬지 않았다. 어느새 휘두른 그의 주먹이 바로 앞의 살육병의 대가리를 터트려 버렸다. 휘휘 젓는 손에서 핏물이 휘날렸다. 살객의 습격에 부상을 입었지만 천하제일가에는 좋은 금창약이 수두룩하게 있었다. 또한 천뢰제왕신공의 운용은 상처 회복에도 지대한 영향을 미친다.

하루도 안 지났지만 상처는 아무는 단계로 들어섰다.

그리고 내력의 운용도 아무런 문제가 없었다.

괜히 신공이란 단어가 붙은 게 아니었다.

꽈직!

칵!

타격 직후 유언이 된 신음.

일격일살을 중천은 보여주고 있었다.

이질독에 중독된 군벌의 살육병들은 제대로 된 무력을 보여주지 못하고 있었다. 광기가 충천해야 하지만 그것도 풀리는 괄약근 때문에 거의 나오질 않았다. 온 신경이 그쪽으로 몰린 탓이다.

살판난 건 남궁세가의 무인들이었다.

그들은 군벌의 상황을 개전 즉시 알아차렸다.

그들을 한마디로 표현하자면 이렇다.

똥마려운 개새끼.

그 말이 너무나 잘 어울렸다.

전날의 치욕이 떠오른 남궁세가의 무인들은 즉각 후각신경계를 틀어막고 검을 뿌렸다.

정신이 온통 딴 데 팔려 있으니 손발이 맞을 리가 없었다.

게다가 군벌의 살육병단에는 애초에 지휘체계가 없었다. 피에 미친 것들이 통제를 따를 리가 없었다.

그냥 풀어놓고 알아서 싸워라.

이게 군벌이다.

그런 군벌의 방식이 지금은 완전히 독으로 작용하고 있었다. 몸속에도 독, 머릿속에도 독, 독독독… 그게 군벌을 죽음으로 몰고 있었다.

퍽!

중천의 좌장이 도끼의 면을 박살 내고 그대로 살육병 하나의 면상에 처박혔다. 으적! 안면이 움푹 함몰됐지만 반대로 두 눈동자는 압력으로 인해 밖으로 밀려 나갔다. 잔인한 장면이었다. 그러나 전장은 원래 이렇다.

잔인하지 않으면 그게 전장인가?

그냥 애들 골목 싸움이지.

훠훠.

손을 털어 피를 털어낸 중천이 검을 들어 올렸다.

"한 놈도 남겨놓지 마라!"

우르릉!

뇌성과 함께 소요진 전체에 울려 퍼지는 그의 목소리는 모든 남궁세가 귀에 착착 들어갔다. 단 한 명도 남김없이 그의 외침을 들었고, 곧바로 네! 혹은, 충! 하고 답했다.

드드드드.

그 거대한 대답은 그대로 군기가 되어 한데 뭉쳐 승천했다. 전장에서 사기의 충천은 전투력의 상승을 의미한다.

콰직!

서걱!

곧바로 전투력 상승에 대한 결과가 나타나기 시작했다. 남궁세가 무인들의 검격이 점점 빨라졌다. 빨라지기만 한 게 아니라 예리해지기까지 했다.

안 그래도 대장 활동 제어하느라 미치겠는 군벌 살육병단에게 이 같은 전투력 상승은 완전히 악몽이었다.

"아아악! 개새끼들이 진짜!"

"그냥 뒈져 줄지 아냐!"

걸쭉한 욕설은 무언가를 내려놓은 비장한 감정이 담겨 있었다.

뿌직.

뿌지직!

내려놓은 것은 장 활동의 제어.

삽시간에 소요진 곳곳에서 기막힌 소리가 들려왔다. 이내 깨달은 것이다. 창피고 뭐고 그런 것들은 죽음이란 단어 앞에서는 개미 더듬이만큼도 가치가 없다는 것을 말이다.

구린내가 진동을 했다.

그러나 이미 후각은 막혔다.

쉐에엑!

쩡!

쩌정!

공기 터지는 소리가 들리기 시작했다.

제대로 반응하기 시작했다는 뜻, 어떤 게 우선인지 확실하게 인지했다는 뜻이다. 전투는 갑작스럽게 일방적인 싸움에서 치열한 싸움으로 돌변했다.

과연, 일반 병사와는 달라 마음가짐 자체가 달랐다.

체면은 내려놓고 생존, 그 하나에 집중하기 시작하면서 생긴 결과였다. 동시에 그들이 눌러 놓던 광기가 풀리기 시작했다.

콰작!

"잡놈들이 어디서 까부는 게냐. 응?"

그러나 그게 안 통하는 존재가 있었다.

남궁세가의 한 축을 담당하는 장로원의 무인들이었다.

* * *

세수가 이미 남궁현성보다도 많은 그들은 휘적휘적 걸어다니면서 가벼운 검격으로 목을 툭툭 땄다.

제아무리 살육병이 전장에서 잔뼈가 굵다 하더라도 장로원의 무인을 막는 것은 역부족이었다.

내력의 차이와 연계, 연환의 차이가 너무나 컸다.

"허허, 이놈 봐라."

빡!

장로원주 남궁기태의 손바닥이 구린내를 풍기며 달려들던 살육병의 머리를 피하면서 툭 후려쳤다.

툭 친 것 같은데 목이 휘리릭 돌았다.

완전히 한 바퀴를 돌아버린 목이 우드득 소리를 냈고, 살결이 빨래를 쥐어짠 것처럼 비틀렸다.

후웅.

손을 휙 하고 저어 툭 밀자 이미 혼이 이승을 떠난 살육병의 몸이 붕 떠올라 뒤로 날아갔다. 날아오른 몸은 순식간에 가속을 얻어 동료를 향했다.

"악! 뭐야!"

"뒤졌으면 꺼져, 씨발!"

퍽!

퍼버벅!

날아오는 동료의 몸을 후려치고 육신이 피떡이 되도록 난자를 치더니 그 후 남궁기태를 향해 몸을 던지는 살육병들.

"동료애도 없고 그냥 짐승이구나. 구린 똥내 풍기는 짐승."

그러나 이미 남궁기태는 그들의 몸을 던지기 전, 신법을 펼쳐 그들을 향해 쇄도하고 있었다. 살육병의 발이 채 두 번 떨어지기도 전에 남궁기태의 검이 춤을 췄다. 현란한 움직임이었다.

하지만 결코 현란하기만 한 게 아니었다.

"어?"

"크륵……."

순식간에 욕을 했던 살육병 둘의 목이 공중에 붕 떴다. 바람처럼 예리하게 날아든 검격이 둘의 목을 스치고 지나간 것이다.

근데 그게 육안으로 보이지 않았다.

그저 휘휘 젓는 움직임이라 살육병들은 그게 공격이란 것은 몰랐던 것이다. 그리고 그건 둘만 몰랐다.

주변에 있던 살육병들은 남궁기태의 검이 그들의 목을 치고 나가는 걸 궤적으로는 확실하게 파악했다.

"썅!"

"뭐하는 늙은이야 이건!"

그들의 입에서 당연히 욕설이 튀어나왔다.

이건 뭐, 갑자기 톡 튀어나온 늙은이가 무시무시한 모습을 보여주니 그들로서는 그럴 수밖에 없었다.

"예끼, 이놈아. 늙은이라니. 어른 공경도 모르느냐?"

"몰라, 씨발!"

"허긴, 짐승이 공경하는 마음을 알면 짐승일꼬. 허허."

푹.

"컥… 이 비열한 늙은이가……."

허허 하는 웃음이 끝나는 그 순간, 어느새 이동한 남궁기태가 뾰족한 검끝을 그 살육병의 심장에 콕 찔러 넣었다.

검은 무광(無光)의 가죽갑옷을 걸쳤지만 그건 아무런 소용도 없었다. 검끝에 반짝이는 검기 앞에서는 말이다.

폭.

검이 빠져나오자 딱 두 치 정도 길이에만 피가 묻어 있었다.

"이런, 짐승의 피라 그런지 더럽구먼."

휘릭.

콰가가가각!

그 말과 함께 남궁기태가 검을 털자 새파란 검기가 순식간에 일어나 대지를 갈랐다. 세 줄기의 검기가 서로 뒤엉켜 날아가 움찔하고 있는 살육병들을 덮쳤다.

쩡!

파삭!

가가각!

최초는 공기가 터졌다.

막긴 막았다는 뜻.

두 번째는 깨지는 소리가 들렸다.

감당할 수 없었다는 뜻.

세 번째는 가르는 소리였다.

육신이 잘렸다는 뜻.

이 자체가 이미 격이 다르다는 것을 증명했다.

막을 수 없었다.

결코 살육병으로는 장로원의 무인을 막을 수가 없었다. 달라도 너무 다르고 차이가 나도 너무 났다.

다 큰 장정과 이제 겨우 걸음마를 뗀 아가와의 싸움이 아마 이럴 것이다. 경험도 풍부하니 상대할 방법이 없었다.

"이 썅!"

촤라라락!

안 된다는 걸 알자 살육병들이 죄다 허리춤에 꼽아 놓았던 다른 투척 무기를 남궁기태에게 뿌렸다.

내력까지 실려 있는지 붉고 검은, 칙칙함이 가득한 색채가 어둠 속에서도 명확하게 보였다. 그러나 이것도 최선책은 아니었다.

피식.

한차례 웃은 남궁기태가 검을 돌리기 시작했다.

쩡!

쩌저정!

막고, 휘돌려 궤적을 비틀었다.

팍!

파삭!

그리고 작은 것들은 그대로 순간적인 내력의 응축으로 인해 아예 깨트려 버렸다. 굳이 튕겨낼 필요가 없는 무기들은 그렇게 전부 깨졌다.

십수 개의 무기가 그렇게 조금의 성취도 이뤄내지 못하고 바닥을 뒹굴었다. 애꿎은 무기만 버린 꼴이 됐다.

"쌍! 흩어져!"

"빌어먹을 늙은이!"

그래도 입은 살았다.

그걸 보고 남궁기태는 피식 웃었다.

산속에서 호랑이 하나 피한다고 끝나나?

아니다.

늑대도 있고 여우도 있다. 심지어 멧돼지도 위험하다.

서걱!

흩어지던 살육병의 목 하나가 다시 떠올랐다. 남궁세가의 검수였다. 호랑이를 피했더니 늑대가 나타나 물고 흔들어 뜯어버린 꼴이다.

그리고 그런 현상은 곳곳에서 일어났다.

남궁기태를 중심으로 퍼져 있던 남궁세가 무인들은 이미 노리고 있었다. 분명 장로원주를 막지 못해 흩어질 거라고.

그때 치면 손쉽게 수급을 딸 수 있을 거라고.

"씨발! 어떻게 좀 해보라고! 구양 개새끼들아!"

머리를 빡빡 민 살육병 하나가 이 상황이 짜증나는지 화살을 구양가에 돌렸다. 그들은 나서지 않았다.

전장은 지금 군벌만 나선 상태였다.

비인도 나서지 않았다.

전면전이 시작되자 돌격 명령은 군벌에게만 떨어졌다. 왜 인지 그때는 몰랐다. 하지만 군벌의 살육병들은 이제야 이해가 갔다.

그들도 중독당한 것이다.

그리고 처리, 해독을 위해 군벌만 나선 것이다.

즉, 시간 끌기.

군벌의 살육병단에게는 정말 더러운 일이었다. 시간 끌기라는 것은, 곧 버리는 패라는 말이기 때문이다.

죽어도 상관없다는 뜻이기 때문이다.

마도(魔道)의 사상이 여기서 나타났다.

그리고 이런 사상은 남궁기태가 보기에는 패착이었다.

쯧쯧.

"그러니 마도가 단 한 번도 정도를 이기지 못한 것이다. 이리 간단한 이치도 모르는 너희에게는 하늘도 허락하지 않을 생각인 것이고. 쯧쯧쯧."

휘리릭!

서걱!

무복 자락이 펄럭이며 기음을 만들어냈다. 일부로 한 행동이었다. 억센 소리에 정신이 쏠리게 만들기 위해서 말이다.

정신이 쏠리게 된다는 것은 잠시 한눈을 팔고 말았다는 것.

대가는 크고 무거웠다. 목숨이었으니 말이다.

깔끔하게 목과 분리된 머리가 등을 타고 데구르르 굴러 떨어졌다. 통통 튀던 머리가 잠시 침묵을 만들어냈다.

꽈직!

하지만 말 그대로 잠시였다.

산만 한 덩치에 민머리.

그 민머리에 이상한 문신을 잔뜩 새긴 살육병이 발로 밟아 으깨 버린 것이다.

"썅! 정신 안 차려! 여기서 다 뒤질래!"

뒷골목 파락호처럼 보이는 외형과 말투, 행동거지지만 기세는 다른 살육병과 비교해서 확실히 남다른 구석이 있었다.

"호오."

남궁기태의 입가에 호기심이 돌았다.

남들과는 다른 기세를 느꼈기 때문이다.

이성이 확실하게 살아 있다.

그러니 전장 파악도 제대로 하고 있었다.

"미친놈이 어찌 절정에 들었는지 신기하구나. 허헛."

"미쳐서 들었다! 이 씹어 먹어도 시원찮을 늙은이야!"

"놈, 확실히 미치긴 했구나. 다 늙어 뼈밖에 안 남은 늙은이를 먹을 생각을 다 하고."

"애새끼도 먹어봤는데 늙은이라고 못 먹을까!"

으르렁거림에는 진심이 담겨 있었다.

진짤까?

애를 먹었다는 말은?

그 말과 동시에 남궁기태의 기도가 일변했다.

"식인이라. 농으로 했더니 진짜였더냐. 허헛, 그럼 죽어야겠다. 네놈은 살 가치가 터럭만큼도 없는 놈이구나."

"크핫!"

부앙!

그에 손에 들린 손도끼가 날았다. 날아가는 궤적에는 당연히 남궁기태가 있었지만 쩡! 하는 소리와 함께 곧바로 눈 덮인 대지에 처박혔다.

중단으로 곧게 세운 남궁기태의 검이 은은한 빛을 발했다. 그러다 곧이어 희미한 푸른 안개 같은 기운이 흘러나오기 시작했다.

내력의 집중.

그리고 발산의 과정이다.

남궁기태가 가장 잘 펼칠 수 있는 검은 바로 대연검(大衍劍)이다. 그 후반절초가 모습을 드러내는 것이다.

"영광으로 알거라."

삭.

가볍게 옆으로 휙 하고 검을 긋는 남궁기태. 그러자 뭉쳐 있던 안개가 쭉 뻗어나가기 시작했다. 그리고 검에서 떨어지는 즉시 가늘게 뭉치더니, 다시 뻗어나가면서 촘촘한 그물을 형성하기 시작했다.

검망(劍網)이다.

극(極)을 훔쳐보는 검사만이 펼칠 수 있다는 검예(劍藝)다.

"크아아!"

민머리 살육병이 어느새 다시 양손에 든 대부를 미친 듯이 휘둘렀다. 피한다? 어림도 없다. 그냥 날아오는 게 아니다. 심신을 옭아 매는 엄청난 압력을 목표에 선사하며 날아든다. 그러니 바짝 얼어붙어 못 움직이는 것이다.

급이, 격이 다르다는 게 바로 이런 부분이다. 하지만 그래도 범상치 않은 모양이긴 한지 최후의 발악을 한다.

삭!

사악!

미친놈처럼 대부를 휘젓지만 막는 건 애초에 불가능이다.

서걱.

검망이 그대로 대부는 물론, 민머리 살육병의 몸을 스쳐 지나갔다. 그리고 그걸로 멈추지 않고 그 뒤에 있던 살육병 셋을 더 덮쳐 갈라 버렸다.

비명도 신음도 없었다.

그냥 허물어지는 모래성처럼 육체가 토막 나며 주저앉았

다. 삽시간에 자욱한 김이 올라왔다. 뜨거운 피가 대지에 쏟아진 까닭이다.

우욱!

역겨운 광경이다.

그러나 말했듯이, 이곳은 전장.

그걸 보고 헛구역질한다면 당장 칼을 버리고 도망가야 하리라. 몇 명 있긴 했다. 심약한 성정을 가진 이가. 당연히 그들은 남궁세가의 무인들이었다. 하지만 칼을 놓지는 않았다. 그저 인상이 저절로 질렸고, 고개만 다른 쪽으로 돌렸다. 그러나 돌린 쪽의 시야에 잡힌 적에게 이내 검을 날린다.

무인.

정예의 무인이란 몸과 마음의 합일도 중요하지만, 상황에 따라 그 반대도 가능했다. 마음은 잠깐 약해졌지만 적을 발견하는 순간 거의 본능적으로 검을 날리는 것이다.

쩡!

쩌정!

콰가가각!

흉흉한 기세가 온 사방에서 느껴진다.

광기.

그 자체가 지배하는 곳.

전장.

남궁기태는 심유한 눈으로 사방을 훑었다. 슬금슬금 뒤로 물러나는 살육병들. 관심은 좀 전에 끊겼다. 모조리 학살해야 할 자들은 맞다. 남궁기태의 기준으로는 본가에 검을 들이민 자들에게 베풀 자비는 없었기 때문이다.

하지만 지금 이 순간 남궁기태는 다른 것도 생각해야 한다. 장로원이 이곳에 있는 이유, 이 전투에 참전한 이유 말이다.

애초에 장로원의 목적은 살육병의 상대가 아니다.

"언제까지 숨어 있을 작정인고. 쯧쯧."

휘적휘적.

남궁기태가 앞으로 걸어가자 길이 저절로 갈라졌다.

휘이잉!

삭풍이 몰아치고, 눈발이 날렸다.

남궁기태는 그 둘과 함께 갈라진 길을 걸었다. 오직 그 혼자만 여유 있게 걸어 전진하니 왠지 전장의 모순적인 상황을 하나 보는 것 같았다.

남궁기태의 모습만 누가 본다면 낭만이 있다고 생각할 지도 모를 정도였다. 하지만 역시 오래가지는 못했다.

"음?"

충천하는… 기세.

저 먼 곳에서부터 시작해, 전장 전체를 뒤엎으려는지 온 사방을 잠식해 들어갔다. 안 봐도 뻔하다.

"오, 이제 움직이시는가?"

남궁기태의 입가에 미소가 걸렸다.

하지만 그 미소는 지독히 차가운 미소였다.

본가에 검을 들이 댄 악적을 처단할 때 나오는 미소. 나이에 맞지 않은 미소였다. 어딘가 기뻐 보이는.

그러다가 미소가 멈췄다.

휘이이.

동시에 남궁기태의 무복자락이 펄럭이기 시작했다. 펄럭거리는 소리와 함께 남궁기태의 전신에서 가공할 기세가 뿜어져 나오기 시작했다.

마치 나 여기 있소.

선전하는 모양새였다.

그리고 실제로 선전하고 있었다.

기세가 퍼지기 시작함과 동시에 그의 곁으로 스물의 장로원 무인이 모여들기 시작했다. 모두 핏자국 하나 묻지 않았다.

산책이라도 나온 듯이 편안한 신색이다.

실제로 그들은 편했다.

아무런 제약 없이 움직였기 때문이다.

제약이 없으니 내력의 수발도 자유롭고, 숨을 고를 때 고르고 뱉을 때 뱉으면서 마음껏 검과 권장을 뿌렸다.

그러니 체력소모도 없었다.

말 그대로 몸만 푼 격이다.

하지만 이제 진짜가 오고 있다.

"둘로 쪼갰군. 한쪽은 이쪽으로 오겠어. 이거 재미있겠구만. 하하!"

검을 휘휘 손바닥 안에서 돌리고 있던 장로 하나가 중얼거렸다. 나이에 맞지 않게 가벼운 느낌과 언행이다.

건들거리는 느낌까지 있었다.

그걸 보고 남궁기태가 혀를 찼다.

"너는 어찌 나이가 들어서도 그 모양이냐. 어찌 그리 방정맞누."

"하핫, 원주님 좀 봐주십쇼. 천성인 걸 어떡합니까? 하하!"

"에잉."

천성이란다.

그러니 남궁기태도 그냥 고개를 돌려 버렸다. 그 후 검을 휘휘 좌로, 우로 젓고는 말했다.

"오는구나."

"예, 원주님. 하하핫!"

장로원의 막내.

그래도 나이는 결코 적지 않다.

장로원이라는 곳이 애초에 세수 육십을 찍지 않으면 결코 들어갈 수 없는 곳이기 때문이다.

우르르.

살육병들의 사이가 쫙 갈라지고, 맞춰 왔는지 딱 스물하나의 구양가 무인이 모습을 드러냈다. 지독한, 가공한 패기를 담고 다가오니 그 기세와 남궁세가 장로원 무인들의 기세와 부딪쳐 거대한 공진을 만들기 시작했다.

푸른 기세와 검붉은 기세가 만나 서로 잡아먹기 위해 아귀다툼을 벌였다. 눈으로 보이지는 않는다.

하지만 기감이 민감한 사람이라면 분명 느낄 수 있을 정도의 기 싸움이다.

"쯔쯔, 이거 참. 하늘이 죽기 전에 은원은 매듭짓고 가라는 뜻인가 보군. 허헛."

"그러게 말이야."

"일부로 이쪽으로 왔나?"

"물론, 끝은 봐야지. 안 그런가?"

"흘흘, 그래야지. 끝은 봐야지."

"경하의 한, 이 자리서 풀겠다."

"흘흘… 그래. 그 한, 풀어보시게나."

인연은 원래 얽히고설켜 있는 법.

이곳도 그랬다.

운명, 천명인 것이다.

이 싸움은.

第百四十六章 연환이계(連環二計)

백면이 다시 손을 들며 정지 명령을 내렸다.

멈춰서는 비천대.

"워워."

"클클, 그놈들 똥줄 좀 타는 모양인데? 킬킬킬!"

갈충이 저 멀리서 다시 기수를 돌리고 있는 친위대를 보며 킬킬거렸다. 그들이 뿜어내는 짜증 가득한 기세가 이곳까지 느껴졌다.

바람에 실려 오는 것도 아닌데 정말 피부로 느껴질 정도의 농도 짙은 기세였다.

"조금만 더 하면 꼭지가 돌겠는데?"

"딱 봐도 이미 한계야. 백면 부대주. 좀 더 하지?"

제종과 마예의 말에 백면은 가볍게 고개를 끄덕였다. 안 그래도 그럴 참이었다. 군사의 명령은 저들이 미쳐 날뛸 때까지 자극하라는 명령이었다.

애초에 견제부터 전부 계산에 들어가 있는 작전이란 뜻이다. 사실 친위대와 구양가를 남궁세가에 넘길 무혜가 아니었다.

그녀의 복수 의지는 아주 명확했고, 대상 역시 아주 확실했다. 그러니 넘길 생각 또한 결단코 없을 것이다.

백면은 이 점을 확실히 파악하고 있었다.

그리고 백면뿐만이 아닌, 비천대 전체가 그 점을 확실히 인지하고 있었다.

슥.

친위대의 기수가 돌아감과 동시에 다시 비천대도 기수를 돌렸다. 이건 뭐, 꼬리 물기도 아니고. 사람의 성질을 제대로 건드리는 행동이었다.

보통 무시하면 끝이다.

하지만 말했듯이 친위대는 결코 비천대를 무시할 수가 없는 상황이다. 비천대가 어중이떠중이도 아니고, 친위대가 관심을 꺼버리는 순간 이미 처절하게 벌어지고 있는 전장의 옆구리를 쑤셔 버리면 전황은 말도 못하게 급변한다.

물론 친위대도 남궁세가의 옆구리를 칠 수는 있다. 하지만 여기에는 변수가 있다. 바로 독이다.

전세가 한쪽으로 기울어지고 나면 그걸 단순한 증원으로 구하는 건 상당히 힘들어진다. 게다가 친위대가 비천대를 무시하면 비천대도 치면 그만이기도 하다. 즉 피해는 똑같이 입는 것이다.

그럼 전세는 뒤집어지지 않는다.

친위대와 비천대의 무력 차이는 사실 소전신 우챠이가 전사하면서 비천대로 기울어 버렸다. 백면의 존재 때문이다.

비천객과 근접한 경지에 있는 백면의 무력은 종이 한 장 차이를 두터운 나무판자 몇 개 차이로 쫙 벌려 버렸다.

절정지경.

그것도 그 끝을 보고 있는 무인의 유무는 아무리 비슷한 수준이라도 넘볼 수 없게 만드는 힘이 있었다.

백면.

그의 존재가 가지는 힘이다.

만약 남궁유청까지 있었으면 친위대는 사실 비천대에 접근도 불가해야 한다. 맞붙는다면 비천대는 피해를 입을지라도 친위대는 궤멸이다.

'아마 알고 있겠지. 그래서 섣부르게 들어오지 않는 거야.'

백면의 생각은 그랬다.

하지만 그래도 열은 받고 있다고 생각했다.

'아니, 받은 정도가 아니지. 머리뚜껑 열리기 직전이지.'

그렇다면 제종이나 마예의 말처럼 조금만 더 자극하면 된다. 사람의 인내심에는 끝이 있게 마련이다.

슥.

백면의 손이 까닥까닥, 전방을 지목하며 다시 흔들렸다.

킬킬킬!

그러자 갈충의 웃음이 터졌다. 그 소리는 바람에 실려 친위대의 귓가로 들어갈 것이다. 아니나 다를까 움찔! 몸을 떠는 친위대의 모습이 잡혔다.

슥!

다시 멈췄다.

백면도 다시 주먹을 쥐어 들어올렸다. 비천대의 이동도 친위대가 멈춤과 동시에 바로 멈췄다. 아주 환장할 것이다.

몇 번을 반복되는 이 잡고 잡으려는 행위에.

"음?"

백면은 슬슬 달라지는 분위기를 느꼈다. 활짝 열려 있는 기감에 일변하는 분위기가 느껴졌다. 안 봐도 안다.

양단간에 결정을 내리려 하는 것 같다.

어차피 저쪽이 내릴 결정은 둘.

비천대를 찢어 죽이려 달려오던가.

아니면 아예 무시하고 남궁세가를 치러 가던가.

"음, 결정을 내리려나?"

"그러게, 분위기가 변했는데?"

백면 말고도 비천대 대주들도 일변한 분위기를 파악했다. 분위기만 변한 게 아니었다. 서로 수군거리는 모습도 같이 보였다.

"백 부대주. 어떻게 결정했으면 좋겠어?"

갈충이 백면에게 물었다.

그러자 백면은 단호한 목소리로 즉각 대답했다.

"대응."

"킬킬, 백부대주라면 그럴 줄 알았지. 킬킬킬!"

백면이 말한 대응이란, 이쪽의 작전에 계속 대응해줬으면 하는 의미다. 그래서 이성을 잃어버려 줬으면 하는 게 백면의 바람이다.

하지만 상황은 그다지 백면의 바람대로 돌아가지는 않았다.

히히힝!

친위대의 전마가 한차례 투레질을 하더니 곧장 질주를 시작했다. 백면은 곧장 진로 방향을 훑었다.

"남궁세가?"

저들이 저대로 곧장 달려간다고 가정하면, 그 끝에 있는 것은 남궁세가의 본진이다. 백면의 가면 속 얼굴이 그 사실을 깨닫자마자 굳었다. 눈가가 찌푸려지는 변화는 당연히 가면으로 가려져 보이지 않았지만, 그의 주변에 있던 조장들은 곧장 그 변화를 눈치챌 수 있었다. 분위기에서 나오는 변화로 안 것이다.

그리고 그들도 백면보다는 늦었지만 하나둘씩 저 진로의 끝에는 남궁세가의 본진이 있다는 것을 깨달았다.

또한 남궁세가 본진에는 비천대의 군사, 천리통혜가 있다는 것도. 제종과 마예가 고개를 절레절레 저었다.

"호락호락하지 않구만."

"잡아야겠지?"

"당연히!"

제종이 짧고 강하게 대답하고 백면을 봤다.

맞다.

볼 것도 없는 사실이다.

백면은 곧장 기수를 틀었다.

그 짧은 찰나의 시간 동안 이미 거리는 벌어졌다. 약 이십여 장. 이러다 놓친다. 히히힝! 백면의 전마가 투레질을 거칠게 하더니 다리가 땅에 떨어지는 즉각 쏘아져 나가기 시작했다.

히힝!

그 뒤를 따라 비천대가 곧바로 따랐다.

* * *

비천대가 친위대의 뒤를 쫓기 시작한 그 시각, 무혜도 남궁유청을 통해 그 같은 사실을 접수했다.

"어찌할 생각인가?"

"어쩌긴요. 저 하나 잡자고 저리 달려오는데… 그에 상응하는 대접을 해줘야지요."

"생각은 있고? 나는 아무것도 듣지 못했다만."

"……."

무혜는 대답 대신 시리게 웃었다.

작전? 계략?

설마 없을까.

천리통혜라 불리는 그녀다.

적군의 군사는 분명 친위대에게 이런 명령을 내렸을 것이다. 남궁세가의 진형으로 파고들어 천리통혜를 죽여라.

'내 생각대로 흔들리고 있어.'

분명하다.

자신과 겨뤄보지도 않고 죽이려는 게 그 증거다. 만약 자신의 작전을 읽었다면 그걸 깰 파훼법을 생각하고, 정면으로 붙어 깼어야 했다. 만약 대응하는 방법이 현재에서 확 변했다면 무혜도 많은 생각을 다시 하고, 그에 맞춰 다시 작전을 펼쳤을 것이다. 하지만 적군의 군사는 그냥 무혜의 목숨을 원한다.

그건 무혜를 죽여 작전을 아예 멈춰 버리겠다는 뜻이다. 지휘체계에 혼란을 유도하고 자신 마음대로 작전을 끌고 갈 생각이다.

물론 이것도 작전일 수 있다.

어쩌면 상책(上策)으로 분류될 수도 있고.

적장이 무혜와 같은 부류가 아닌 귀계에 능하니 그럴 가능성은 분명 높았다. 하지만 무혜는 오히려 이러면 좋다.

왜냐고?

'스스로 죽을 자리를 찾아주니…….'

너무 고맙다.

이건 친위대를 버리겠다는 뜻이다.

남궁세가가 등신도 아니고, 저렇게 쳐들어오는 친위대를 그냥 둘 리가 없다. 게다가 그 뒤를 현재 비천대가 쫓고 있다.

'막기만 하면…….'

끝이다.

저 질주만 막으면 친위대는 끝이다.

그럼… 누가 막나?

저 친위대를?

그게 문제다.

무혜는 저 멀리서 검은 점으로 보이는 친위대를 살펴봤다. 그리고 자신이 심어놓은 지뢰가 있는 곳과 맞춰봤다. 비슷하다.

큰 차이가 없다.

친위대는 자신이 어제 심어 놓은 세 군데의 지역 중, 두 곳의 중앙을 통과할 것으로 보였다. 완벽하다. 아주 정확하게… 각을 맞춰 놓았다.

길림성 작전에서 거의 모든 지뢰를 소진했지만 다시 어느 정도는 보급을 받았다. 단방에 전황을 뒤집기에 지뢰만큼 좋은 것도 없다고 생각하는 무혜다. 그래서 길림성에서 탈출 후, 북방상단을 통해 약 스무 발 가까이 보충했고 그걸 지금 전방에 나가 있는 비천대 몰래 심었다. 그렇다면 이렇게 될 걸 알고 있었나?

알고 있었다기보다는… 예측하긴 했다.

많은 상황 중 이런 상황도 있을 것이라 생각했고, 대비해 놓았는데 정확히 그 예측이 먹혔다.

천리통혜.

천리를 아우르고 통달한 지혜.

별호가 모든 것을 말해주고 있었다.

"저들이 오는 길에 지뢰를 삼중으로 심어놨습니다. 아주 고맙게도 그중 두 곳의 중간으로 오고 있습니다."

"허, 언제?"

"새벽에요."

"군사는 정말……."

남궁유청은 뒷말을 삼켰다.

모든 게 보이는가? 하고 묻고 싶었지만 부질없는 질문 같았기 때문이다. 눈으로 보고 있으면서도 뭘 못 믿나.

"제가 시작하라고 말하면 비천대에게 전해주십시오."

"그러마."

남궁유청이 어느새 저 앞에 나가 있는 비천대원을 바라보며 고개를 끄덕였다. 전음이라는 고도의 기술은 못 쓰지만 비천대의 명령 체계는 이미 익숙하고, 도구가 있을 때와 없을 때를 대비한 이중 명령 신호는 이미 남궁유청도 익혔다.

도구가 없으니 휘파람 소리로 하면 된다.

이미 앞의 비천대는 무혜에게 언질을 받았을 테니 휘파람 소리만 울리면 알아서 행동할 것이다.

그러니 굳이 그런 사실을 다시 무혜에게 확인받을 필요가 없었다.

거리는 급속도로 가까워졌다. 그리고 그런 친위대의 질주를 보고, 남궁세가의 진형에서도 소요가 일어났다.

"막아!"

"천리통혜의 앞을 지키자!"

일부 몇몇 무인이 소리치자 남궁세가 진형을 지키던 남은 무인들이 우르르 움직였다. 동시에 전장에 투입된 남궁세가의 무인 중에서도 일단의 무인들이 즉각 신법을 펼쳐 친위대를 쫓았다.

전부 알고 있는 거다.

천리통혜의 존재를.

그녀가 있으니 작전이 이렇게 돌아가고 있다는 것을 전부 알고 있으니 반드시 지켜야 할 대상으로 격상된 것이다.

물론 이런 것들은 지시가 있어야 하지만 남궁세가 진형에서는 자발적으로 움직였다. 그건 곧 수뇌부가 아니더라도 천리통혜의 중요성을 알고 있다는 뜻.

상황은 무혜에게 아주 유리하게 흘러갔다.

차근차근 쌓이고 있었다.

복수를 위한 초석(礎石)이.

정교하고 견고하게 쌓은 이 초석이 전부 완성이 되었을 때, 복수라는 피의 의식을 시작할 것이다.

기병답게 거리는 순식간에 좁혀지고 있었다.

시꺼먼 일단의 무리가 점차 시야 속에서 커지고 있었고, 무혜는 속으로 수를 셌다. 하나, 둘, 셋, 넷, 다섯… 이윽고 그 숫자가 열까지 올라가자 무혜의 입이 열렸다.

"지금 신호를 주세요."

"그래."

삐이이이이……!

엄지와 검지에 오므려진 남궁유청의 입술 사이에서 날카로운 소성이 짜르르 울렸다. 그건 신호였다. 비천대의 시작 명령.

반응은 즉각 나타났다.

삑!

화답으로 소성이 짧게 울렸고 촌각이 지나기도 전에 지축을 울리는 폭음이 터졌다.

쾅! 콰과과광!

최초의 폭탄이 터지고 연달에 연쇄반응을 일으켰다. 눈보라가 치고 있지만 화염이 일고 땅거죽이 터져 비산했다.

'걸렸어!'

무혜는 속으로 희열을 느꼈다.

걸렸다.

아주 제대로.

물론 무혜는 안다.

친위대의 무력을.

그러니 분명 저 정도로 친위대가 죽지 않을 것이라는 것을 안다. 아주 잘. 길림성에서 아주 치가 떨리게 당했으니 모를 리가 없었다. 당연히 그 같은 상황은 계산 안에 두었다. 그렇다면 지뢰를 굳이 터트린 이유는?

'기병은 움직임만 잡으면 돼! 제아무리 친위대라 하더라도 창졸지간 터진 지뢰에 안 놀랄 수는 없겠지. 남은 건 비천대가 알아서 해줄 거야.'

무혜는 이렇게 생각했다.

그리고 바로 이게 굳이 지뢰를 터트린 이유다.

제아무리 강심장이라고 하더라도 대비도 못 하고 있던 상황에 터진 지뢰에 아무런 영향을 받지 않았을 수가 없었다. 육체적인 타격은 전무할지라도, 분명 내면에 충격은 줬을 것이다. 바로 혼란이라는 독이다.

놀랄 거다.

분명 놀랐을 것이다.

그 놀람은 순간적인 혼란을 몰고 올 것이다. 그렇다면 대열은 흐트러지고 집중된 돌파력도 같이 잃을 것이다.

무혜가 노린 게 바로 이 부분이다.

열 개 가까이 터진 지뢰의 사이를 뚫고 나온 친위대가 우왕좌왕하는 모습이 무혜의 두 눈 가득 잡혔다.

입가에 미소가 그려지는 것도 당연한 수순이었다.

그러나 친위대는 역시 정예였다.

혼란을 순식간에 수습하고 다시 무혜가 있는 쪽으로 질주를 시작했다. 약 이백에 가깝던 친위대가 백하고 팔십 정도로 떨어졌다.

물론 이런 수치의 변화는 중요하지 않았다. 중요한 건 궤멸시켜야 한다는 사실이었다. 전부 다. 하나도 남기지 않고.

가속이 떨어지자 뒤에 있던 비천대와 친위대의 거리가 급소도로 줄어들었다. 그리고 결국 비천대 가장 선두에 달리던 백면이 친위대의 뒤를 잡았다.

사선으로 오는지라 그 같은 모습이 무혜의 눈에 담겼고, 무혜는 시리게 웃는 낯으로 조용히 중얼거렸다.

"부탁합니다."

부디…….

관 조장의 복수를 해주세요.

뒤에 말은 내뱉지 않았다.

*　　　*　　　*

쾅!

콰과과광!

지뢰가 터지고 소요진 가득 폭음이 진동하자 백면은 놀라는 대신 웃었다.

'과연, 과연 천리통혜! 진정 그대의 통찰은 하늘에 닿았구나!'

그리고 속으로 감탄했다.

정녕 대단하지 않은가?

지뢰가 터졌다.

매캐한 검은 연기가 가득 피어올랐고, 앞서 달리던 친위대를 덮었다.

순간적으로 포착한 것도 있다. 바로 아래서 터졌는지 폭발에 휘말려 날아가는 친위대의 모습을.

그런데 이건 자신도 몰랐다.

무혜가 조금의 언질도 주지 않았었다. 왜? 그런 이유는 궁금하지 않았고, 그 대신 다른 게 떠올랐다.

바로 관평이 죽었다고 했을 때 백면 본인의 부탁과 무혜가 대답했던 말이다. 백면은 기회를 만들어 달라고 했었고 무혜는 반드시 만들어준다고 대답했었다. 두 사람의 목적은 완전히 같았다. 복수. 그리고 백면은 지금 이게 무혜가 만들어 준 기회임을 곧장 알아차렸다.

기회는 왔다.

그럼?

그럼은 무슨 그럼!

"잡아먹어야지!"

그렇게 소리친 백면의 입가에 미소가 걸렸다. 기쁨에, 행복에 주체가 안 되는 미소였고, 입가로 실실 조소까지 흘러나왔다.

너무 좋아 실성한 사람 같았다.

그러니 좌우, 그리고 뒤에서 달려오던 조장들이 당연히 그를 이상하게 봤다. 그러나 이내 그 이유를 그들도 파악했다.

이 상황에서 백면이 좋아하는 이유! 잡아먹자는 외침! 그 두 개를 생각하면 답이 딱 나오기 때문이다.

"차앗!"

백면의 입에서 기합이 흘러나왔다.

꽈직!

그리고 그 기합이 끝남과 동시에 육신이 뭉개지는 파육음이 같이 들렸다. 어느새 뒤를 따라잡은 백면이 검을 그대로 내려친 것이다. 검끝에 걸린 친위대원 몸이 터져 나갔다. 검격에 실린 무지막지한 패도의 힘이 그의 육신을 갈가리 찢어 버린 것이다. 시꺼먼 안개가 뭉클뭉클 피어 올리는 백면.

"그대로 뚫는다! 거치적거리는 것들은 모조리 죽여 버려!"

쩌렁!

백면의 외침이 거대한 함성처럼 퍼졌다.

네!

그리고 그 소리가 채 가라앉기도 전에 비천대의 대답이 뒤따랐다. 백면의 검은 확실히 무지막지한 구석이 있었다.

패도가 가득하다.

배화교의 특성과 사상이 가득한 검결이다. 오직 무, 힘을 숭상하는 배화교의 무공은 유순한 무공이 하나도 없었다.

심법, 신법, 권장지공은 물론 검이나 창, 도까지 전부 마찬가지다. 오직 힘, 힘이 시작이자 끝인 곳.

그의 검이 다시금 간결한 동작을 취했다. 좌에서 우로, 쭉 베는 행동을 보였다. 하지만 그 간결한 행동 뒤에는 극독을 품은 독아가 숨어 있었다.

순식간에 쭉 늘어나는 흑색의 검기.

표적이 되었던 친위대원이 급히 상체를 틀어 거친 톱니를 가진 야차도로 검기를 후려쳤다. 날에는 붉은 빛이 맺혀 있는 걸로 보아 역시 그도 내력을 운용하고 있었다.

쩡!

쩌저적!

검기와 무기가 먼저 격렬한 진동을 만들어냈다. 하난 뚫고 깨부수려 했고, 다른 하나는 튕겨내려 했다.

아님 최소한 빗겨 내거나.

하지만 여기에는 실수가 있다.

꽈드득!

순식간에 힘겨루기에서 우위를 점한 검은 검기가 그대로

무기를 부수고 친위대원의 몸통으로 들이닥쳐 그 극독을 품은 독아로 힘껏 물어뜯었다. 치명적인 독이다. 강력한 턱이고. 뒤틀었던 옆구리에서부터 그대로 갈가리 찢겨 해체되기 시작했다.

콰가가각!

갑옷?

내력?

모조리 무시하고 물어뜯어 찢어버렸다.

힘이 차이다.

내력의 깊이 차이다.

그 어느 것도 친위대원은 백면을 앞서지 못했다. 앞서지 못한 정도가 아니라 오히려 아득히 뒤에 있었고, 그런 주제에 그의 검기를 맞이한 대가는 컸다. 정말 무지막지하게 커다란 대가를 지불해야 했다.

죽음이란 커다란 대가.

허리부터 끊어진 육체.

하체는 말안장에 그대로 붙어 있었고 상체만 훅 떠올랐다.

퍽!

거치적거리는지 창대로 그 상체를 후려친 사람이 있었다. 장팔이다. 그의 사모창은 떠오른 육체를 타격한 후 생긴 반동으로 그대로 그어졌다.

촤아악!

붉은 천이 늘어나는 것처럼 그의 창기가 순식간에 적의 뒤를 점하고 쫓아갔다. 그러나 목표는 친위대가 아니라 친위대가 탄 전마였다.

파가각!

히히힝!

가죽갑옷이고 뭐고 그대로 가르고 들어간 장팔의 검기가 친위대 전마 셋의 다리를 갈라 버렸다.

순식간에 중심을 잃은 전마가 고꾸라지고 그 위에 타고 있던 친위대의 중심이 무너졌다. 앞으로 고꾸라지는가 싶더니 각자가 손을 쭉 뻗는다. 그런 그들에게 다가오는 창대. 굉장한 판단력이고 순발력이다. 기병인 그들은 안다. 지면에 처박히는 순간 내력으로 몸을 보호할 것도 없이 순식간에 뼈마디가 작살날 것이다.

고속으로 달리는 말에서 낙마는 생명까지 위협한다.

제아무리 기마술이 뛰어나다 하더라도 낙마는 반드시 피해야 하는 일 중 하나다. 그러니 그들에게 도움이 손길이 날아든 것이다.

동료를 살리려고.

그러나 그걸 보고 있을 비천대가 아니다.

"어딜!"

"놔둘 줄 알았나!"

마예와 제종의 외침이 터진 직후.

쉐엑!

쉑!

시꺼먼 궤적이 순식간에 늘어나더니 막 동료의 창을 잡고 신형을 움직이려던 친위대 셋의 몸통에 꿉혔다.

정확히 등, 옆구리, 그리고 허리다.

정확한 투창이다.

굳어진 얼굴. 동시에 억눌린 신음이 흘러나왔다. 까드득! 갈리는 이 소리로 그들이 느끼는 통증의 정도를 알 수 있었다.

"커……."

"크윽!"

외마디 신음이 흘렀다.

등, 옆구리, 그리고 허리는 치명적인 급소다. 등은 말할 것도 없고 옆구리도 안으로 장기가 수두룩하다.

허리는 신경계가 지나가는 곳, 척추가 존재하는 곳이다. 말할 것도 없이 급소다.

"……."

"……."

단창, 비천뢰에 박혀 이를 악문 그들이 서로 동료와 눈으로 대화를 주고받더니 이내 신형을 유지하기 위해 잡고 있던 창을 놓았다.

퍽!

퍼버벅!

순식간에 떨어지고 구르기 시작했다.

꽈직!

동시에 그들의 몸 위로 비천대가 휩쓸고 지나갔다. 편자를 박은 전마의 발굽이 친위대원의 육체를 사정없이 짓이겼다.

수십을 넘어 백에 가까운 전마의 질주가 그들의 몸을 조각조각 해체했다.

"퍼져! 각각 타격해!"

백면이 외쳤다.

그 외침에 반응해 비천대가 즉시 퍼졌다. 송곳에서 투망으로 변했다.

"비천!"

백면의 입에서 다시 커다란 명령이 터졌다. 그러자 비천대 전체가 말안장 옆에 달려 있는 단창을 꺼내든 뒤 어깨를 당겼다.

팽팽하게 당겨지는 근육은 활의 시위다.

"투창!"

쉑!

쉑에엑!

슈가가가가각!

한두 발이 날아갈 땐 괜찮았는데 백에 가까운 단창이 쏘아지기 시작하니 고막을 자극하는 소음이 만들어졌다.

퍽!

퍼버버벅!

백여 발의 단창이 순식간에 거리를 좁히고 친위대의 후미를 타격했다. 말, 사람 할 것 없이 꽂히기 시작했고 선혈과 억눌린 신음이 터져 나왔다.

크아악!

순식간에 스물에 가까운 친위대가 단창에 꽂혀 낙마했다. 낙마는 말했듯이 곧 죽음. 꽈드득! 꽈득!

뒤이어 비천대의 질주가 확인 사살을 거쳤다.

단 한 번.

무혜가 터트린 폭발이 만들어낸 결과다.

"군사, 고맙소! 크하하핫!"

백면의 광소를 터트렸다.

부탁을 했고, 그 부탁을 들어준 무혜가 백면은 기꺼웠다.

"관평이 누군가! 우리의 부관이었다! 그 원수가 눈앞에 있어!"

갑자기 감상에 젖기라도 한 것일까? 백면이 관평의 존재를 다시금 비천대 전 대원에게 상기시켰다.

달리던 비천대의 얼굴도 즉각 굳었다.

관평.

하나부터 열까지.

비천대에 관평의 손길이 안 닿은 곳이 없었다. 전부, 정말 전부 다 닿아 있었다. 그의 손길을 거치고 거쳐 지금의 비천대가 완성됐다. 시작부터 지금까지. 신호와 대열, 의복에 식량과 야영까지.

모든 것이 전부…….

어머니 같은 존재.

딱 그렇게 관평을 정의할 수 있었다.

그런 관평이… 저들 때문에 죽었다.

이 순간 백면이 이걸 부각시키는 이유는 전투력의 상승을 이끌어내기 위해서였다. 더 분노해라. 더 악착같이 달려들어라.

물어뜯어라.

"짐승이 되어라! 날카로운 송곳니로! 강력한 턱으로! 모조리 물어서 뜯어버려! 오늘은 인간이기를 포기해!"

분노를 일깨우는 외침이다.

감정의 과잉 분출은 분명히 위험하다.

하지만 백면은 믿고 있다.

천하의 비천대원이 결코 분노에 잠식당해 실수하지 않을 거라고. 그랬다면 애초에 비천대에 들어오지도 못했을 것이다. 이들은 모두 그 참혹한 전장에서 끝까지 이성을 유지하고 살아남은 이들이다.

그러니 이들은 분노에 먹히지 않는다.

그렇다면?

제어 가능한 분노는 전투력의 상승에 도움을 준다.

"이격 준비해! 이번엔 일격의 배 이상을 잡는다!"

네!

백면이 다시 외치고, 비천대가 대답했다.

단창이 다시 비천대원의 손에 쥐어지고 어깨가 한계까지 당겨졌다. 언제든 뿌리면 그 날카로운 독니로 목표를 척살할 것이다.

그리고 삑! 하고 마예의 휘파람 소리가 들렸다.

"투창!"

쉑!

쉐엑!

단창이 날았다.

전부… 세 발.

마예, 제종, 갈충만 쏜 것이다.

그리고 그 순간 저 앞에서 커다란 북방어가 들렸다. 그 의

미는 당연히 잘 안다.

"산개!"

두드드드드!

순식간에 비천대와 마찬가지로 진형 간 공간을 넓히기 시작했다. 밀집해 있다가 투창에 꼬치가 되긴 싫었기 때문이다. 학습 능력이 있다면 이는 당연한 반응. 하지만 비천대는 그마저도 알고 있었다.

마예의 휘파람 소리는 멈추라는 소리였고, 세 명만 던진 이유는 소리와 기척을 적에게 일부로 듣고 느끼게 만들기 위해서였다.

예상대로… 친위대는 넓게 산개했다. 그리고 비천대는 그 시간동안 좌우의 동료와 표적을 정했다.

한쪽으로 몰리지 않고 표적을 나누기 위해. 중앙부터 빠르게 좌우로 퍼져 표적을 정했다.

그때 투창 공격이 없자 생긴 의아함에 친위대가 상체를 틀어 뒤를 바라봤다. 뒤를 바라보는 친위대원의 숫자는 하나, 둘. 셋에서 십, 수십으로 계속해서 늘어났다.

그리고 뒤를 돌아본 친위대의 얼굴은 모두 일그러졌다. 당했다는 것을 느낀 것이다.

"투창!"

그 순간 투창 명령이 떨어졌다.

쉐에에엑!

파공음이 소요진의 공기를 찢어발겼다.

큭!

알아서 피해!

당황했는지 소란스런 소리가 들려왔고 뒤이어 백여 발의 단창이 만들어내는 절묘한 소리가 들렸다.

퍽!

퍼버벅!

푹!

푸푹!

아주 비슷하고 똑같은 소리의 향연이지만 지금 이 순간 이보다 달콤한 소리가 있을까? 없을 것이다.

전장에서는 적의 몸뚱이를 칠 때 생기는 소리가 가장 듣기 좋아야 하니까. 그래야 내가 살고 동료가 살 가능성이 높아진다는 소리니까.

마예의 생각은 절묘하게 먹혔다.

최초 비천투창격보다 더욱 많은 숫자의 친위대가 단창에 꼬였다. 넓게 펴져서 표적 설정이 쉬웠고, 둘이서 하나씩 던지니 피하기도 어려웠고, 시간차 공격까지 들어가니 제대로 방어도 못하고 순식간에 다시 수십이 떨어진 것이다.

삐익!

휘파람 소리가 다시 들렸다.

비천대에서 나온 소리가 아니다. 저 앞에서 나온 소리다. 그 휘파람 소리와 함께 친위대의 질주 속도가 떨어지기 시작했다. 이는 곧 비천대와 난전을 만들겠다는 뜻. 어떻게 할까. 백면의 눈이 전방과 좌우를 급히 살폈다.

백면의 눈에 전방, 그리고 좌측에서 급히 몰려들고 있는 남궁세가의 무인이 보였다. 가면 속 그의 눈이 번뜩였다.

판단을 끝낸 것이다.

"속도 줄여! 거리 유지하고!"

즉각 백면의 입에서 대응책이 나왔다.

믿는다.

남궁세가를 믿고 천리통혜를 믿는다.

그녀라면 무사할 것이다.

그렇게 믿었다.

지뢰가 터진 걸로 보아 이런 상황도 예견한 듯한데 설마 자신의 안전에 대한 대책이 없다고는 생각지 않았다.

'믿소!'

백면은 속으로 무혜에게 그런 믿음의 말을 건네고 다시 상황을 살폈다. 가장 먼저 친위대 가장 선두에 선 자에게 시선이 갔다.

고개만 틀어 비천대를 본 그의 얼굴이 일그러져 있었다. 마음대로 흘러가지 않는 상황에 짜증이 올라온 것이다.

그의 얼굴을 보고 백면의 가면에 가려진 입가가 미소를 그렸다. 좋지 않을 수가 없었다. 짜증이 정도 이상을 넘어가면 분명 그도 이성을 잃을 게 분명했으니까.

백면이 다시 소리쳤다.

"삼격 준비!"

착!

비천대는 즉각 반응했다. 다시 단창을 손에 쥐었다. 애초에 비천대에게 뒤를 잡힌 게 실수다. 이들은 끈질기게 적을 압박할 줄 알았다. 그리고 이건 특히 관평의 특기였다. 정신적으로 말려 죽이는 것.

작전을 잘 짠다는 소리가 아니고, 가장 잘 소화하는 작전이란 소리였다. 정신을 말리려면 적을 압박해서 정말 미치게 만들어야 되는데, 이건 적뿐만이 아닌 작전을 실행하는 이도 굉장한 피로감을 느낄 수밖에 없다.

결국 인내심이 가장 중요하단 소리다.

부관이었던 관평은 인내심이 좋았다.

언제나 냉정하게 상황을 볼 줄 아는 성품과 거기에 더해 참을 줄 아는 인내를 관평은 제대로 갖추고 있었다.

백면이 굳이 지금 이러고 있는 것도… 관평의 방식을 택한 것도 그게 이유였다. 이게 관평의 방식이니까.

"투창!"

슉!

슈슈슈슈슉!

다시금 백여 발의 단창이 날았다. 바람을 가르고 쏘아진 단창은 정말 정확하게 친위대의 등을 노렸다.

세 발. 혹은 두 발로 이루어진 연수합격이다. 게다가 시간차까지 있다. 하나를 쳐내도 그 순간 즉시 두 번째, 세 번째 단창이 쇄도한다.

막기도 더럽게 까다로운 공격법이다.

비천대는 근접전 말고 원거리전도 아주 능하게 소화할 줄 알았다.

쩡!

쩌정!

그러나 막는 친위대도 있었다.

아예 상체를 비틀어 이를 악물고 단창을 후려쳤다.

푹!

푸북!

그러나 당연히 모든 친위대가 단창을 쳐내지는 못했다. 적어도 일류 끝자락, 넘어가면 절정 초입의 내력까지 실려 있는 투창이다. 당연히 그리 가볍게 쳐낼 수 있는 게 아니었다. 하나를 쳐내도 손이 저릿할 것이고, 두 번째 일격은 그 저릿함을 떨쳐 내려 하는 순간 목젖이나 심장을 꿰뚫었다.

막고 싶어도 막지 못하는 게 바로 비천대의 합격이다. 수없이 많은 훈련을 거쳤고, 실전은 훈련보다 더 많이 거쳤다.

지금에 와선?

그 어느 기병 정예도 결코 비천대보다 낫다 말할 수가 없다.

푸부북!

육신이 터지고.

쩡!

쩌저저정!

공기도 연달아 터졌다.

피도 터지고.

크윽!

신음도 터졌다.

으아악!

비명도 터졌다.

모든 게 터진다. 비천대의 비천투창격에. 세 번의 공격에 육십이 넘는 친위대가 낙마했다. 전에도 말했듯이 낙마는 죽음이다. 기병이 말을 잃어버리는 순간 남는 건 필연적인 죽음이다.

서걱!

허벅지에 꽂힌 단창에 치명상은 피했지만, 어느새 들이닥친 제종의 대부가 어느 친위대의 목을 쳐 버렸다.

널찍한 도끼날이 아래서 위로 띄우듯이 쳐 버리니 그냥 목만 두둥실 떠올랐다. 마치 연못에서 손바닥으로 물을 떠올린 것 같이 간단해 보이는 동작이었지만 그 동작에 친위대는 목숨이 날아갔다.

유언도 없었다.

바닥에 구를 때 신음을 냈나?

그럼 그게 유언이 됐을 것이다.

아무도 알아주지 않는.

집합!

저 앞에서 다시 북방어로 큰 외침이 들렸다. 백면은 그 외침을 듣고 역시 이번에도 즉각 판단을 내렸다.

"군사에게 돌격할 생각이다! 모두 모여!"

그 말에 반응은 즉각이다.

"군사가 어디에 있는지 어떻게 알고!"

"비인!"

"이, 썅!"

물어봤던 제종은 순간 소름이 쫙 돋았다. 왜, 왜 비인의 존재를 잊었을까? 그런데 그 순간 백면의 두 눈동자가 파르르 떨렸다. 자기가 부지불식간의 판단으로 내린 비인이라는 말에서 놓친 무언가를 찾은 것이다.

"젠장!"

비인의 살객이 있어 어떤 방식으로든 친위대에게 군사의 위치를 알려줬다면 애초에 그것도 생각해야 한다.

살객이 직접 군사에게 위해를 가하는 경우를 말이다.

"빌어먹을! 군사가 위험하다! 모두 달려!"

어제 일을 잊으면 안 된다.

남궁세가의 틈바구니에서 튀어나온 살객의 암습을. 그건 정말 중요한 일이었고 이런 작전이 펼쳐진 이유, 그 자체다.

왜 생각하지 못했을까?

아직 비인의 살객이 남궁세가 진영에 섞여 남아 있을 수도 있다는 사실을.

혹시? 이런 가정은 필요 없다.

에이, 설마라는 가정도 필요 없다.

"군사에게 가는 길을 연다! 돌격해!"

네!

다 된 밥이었다.

말려죽일 수 있었는데!

까드득!

백면의 이가 갈리고 눈동자가 지독한 살기를 뿌리기 시작했다. 그 살기 안에는 짜증과 조금함이 있었다.

"제길! 저 새끼들 가속 붙었어!"

"쫓아! 죽을힘을 다해 달려!"

상황은 또 다시 빌어먹게 흘러간다.

히히힝!

또 다시 비천대와 쫓고 쫓기는 추격전이 시작됐다. 변수는 전장의 꽃이다. 그걸 간과한 죄는 크게 다가올 것이다.

*　　*　　*

그 모든 걸 당연히 무혜도 보고 있었다.

"으음……."

보는 그녀의 입술을 통해 짧은 탄성이 흘러나왔다. 비천대가 투창으로 공격하는 것도 보았다. 거리가 그만큼 가까워졌기 때문이다.

이격, 삼격을 먹이는 것도 봤다.

하지만 그게 그녀의 입에서 탄성이 흘러나오게 만든 건 아니었다. 산개했다 다시 밀집한 친위대가 달려오는 각을 보고 흘린 탄성이다.

"이쪽으로 오는구나."

"간자가 아직도 남아 있는 것 같습니다."

그녀는 바로 알아차렸다.

대체 어떻게 알고 이쪽으로 바로 올까?

그 멀리서 직각으로 무혜에게 올 가능성. 얼마나 될까? 직선으로 질주해 오고 있으니 조금만 각이 틀어져도 다른 곳으로 빠진다. 그런데 우챠이의 친위대는 무혜를 노리고 정확히, 아주 정확히 오고 있었다.

무혜의 말에 답이 있었다.

간자(間者).

"비인의 살객."

"예, 아직 숨어 있는 것 같네요."

무혜의 위치를 비인의 살객에게 전달 받았고, 그걸 통해 친위대가 무혜를 노리고 정확하게 달려오고 있는 것이다.

그럼 살객은 어디?

당연히 눈앞에, 무혜를 지키기 위해 뭉쳐 있는 남궁세가 무사들의 틈바구니일 것이다. 위치전달 방법이야 궁금하지도 않다.

살수들이니 분명 알려지지 않은 기예가 있을 것이다.

스르릉.

"옆에서 떨어지지 말거라."

"예."

남궁유청은 검을 뽑아들고 무혜의 옆에 바짝 섰다. 그리고 내력을 끌어올렸다. 푸른 무복이 펄럭이기 시작했다.

주변을 심유한 눈빛으로 둘러보고 근처로 오려는 무인들에게 검을 들이민다. 가까이 다가오지 말라는 경고였다.

그러자 흠칫하면서 물러나는 무인들.

놀란 그들의 얼굴에는 '왜?' 라는 감정이 담겨 있었다. 그러나 남궁유청은 그런 얼굴에 아랑곳하지 않고 검을 휘휘 저었다.

저리가란 행동.

그러자 인상이 급격히 굳더니 다른 곳으로 이동하는 무인들이다.

무혜의 입가에 쓴웃음이 번졌다.

"이거, 저희가 피기 직전인 꽃을 만개시킬지도 모르겠습니다."

"이것도 적군의 군사가 원한 건가?"

"그랬을 수도 있고, 아닐 수도 있습니다. 거기까지는 파악할 여유가 없습니다."

"흠……."

생각하지 않겠다는 무혜의 말에 남궁유청은 고개를 끄덕였다. 그도 눈치챘다. 무혜의 말은 지금 저걸 막는 것에 집중하겠다는 뜻이다.

"피하는 게 좋을 것 같소. 군사."

경어가 섞여 있는 남궁유청의 말은 힘이 담겨 있었다. 그가 못 지킬 것 같아 이러는 건 아니었다. 다만 만의 하나라는 경우 때문에 이러는 것이었다. 혹시라도, 정말 만약에 무혜가 잘못되기라도 한다면?

생각도 하기 싫다.

그냥 끔찍하다.

그러니 가장 상책은… 회피다.

저들을 굳이 맞이할 필요가 없다는 말이다. 하지만 남궁유청은 무혜의 대답을 이미 알고 있었다.

"아닙니다. 저는 이곳에 있어야 해요."

"음……."

"봐야 합니다."

"봐야 한다고?"

남궁유청이 되물었다.

책임감이다.

알고 있으면서도 물었다.

"예. 저들의 죽음. 제 눈으로 담고… 관 조장님께 알려드려야 하니까요. 복수했다고, 눈 편히 감으시라고… 전해드려야 하니까요."

"……."

하아.

가슴에 콱 박혀 있는 말뚝의 존재. 그건 관평이다. 남궁유청의 가슴에도 박혀 있으니 잘 안다. 그게 얼마나 아픈지.

가슴이 미어진다?

그런 말로는 결코 그 아픔을 설명할 수 없었다. 지옥 불에 달군 인두로 심장을 지지는 고통. 이 정도면 얼추 공감할 수 있는 문장일 것이다.

아프다.

미치게 아프다.

참기 힘든 고통이다.

차라리 죽고 싶을 정도의 고통이다.

그런 것이다.

가슴에 박힌 한(恨)이란 통증은.

"그러니 반드시. 저들의 죽음을 제 눈에 담아야 합니다."

죽은 딸의 모습이 무혜와 겹쳤다.

그 아이도 이렇게 고집이 셌고, 책임감이 강했고… 비슷했다. 그래서 먼저 간 것일까? 지 애비보다 먼저?

고개를 흔들어 털어냈다.

상념에 젖을 때가 아니니까.

애비의 마음으로, 남궁유청이 입을 열었다.

"그래, 그러려무나. 내가 지켜주마. 너는 지켜보거라."

"……."

그 말에 담긴 따듯함을 알아보았을까?

조금 놀란 눈동자로 무혜가 남궁유청을 바라봤다. 그러자 잠시 그 눈빛을 받아준 남궁유청이 시선을 다시 앞으로 돌렸다.

"자, 집중하시오. 군사."

"예……."

희미하게 떨림이 느껴지는 목소리.

남궁유청은 만족했다.

그리고 다짐했다.

'내가 죽어도… 너는 살리마.'

약속이다.

약속의 다짐 뒤로 광기에 찬 외침이 터졌다.

죽여!

콰가가각!

그 순간 남궁세가의 무인과 친위대가 격돌했다.

第百四十七章

절체절명(絶體絶命)

분노와 죽이고자 하는 의지가 가득한 친위대의 마상대검, 도, 부가 무자비하게 남궁세가의 무인들에게 떨어졌다.

쩡!

쩌정!

막는다.

남궁세가 무인들은 핫바지가 아니었다. 이들도 한평생 검이나 권장지공을 수련한 무인들. 친위대의 공격은 강력했지만 남궁세가 무인들은 그 공격을 막을 수 있었다. 하지만 질주는 막지 못했다.

퍽!

퍼버벅!

"큭!"

그대로 전마의 몸통에 채인 무인들이 튕겨 나갔다. 단지 몸만 튕겨 나간 게 아니었다. 부딪치는 순간 엄청난 충격이 전신을 뒤흔들었다.

별이 반짝? 그 이상을 넘어섰다. 앞이 까매질 정도의 충격량이었다. 시야가 확 암전되고 서걱! 예리한 절삭음과 함께 다시는 돌아오지 않았다.

보통 기병대의 기본 전술이라고도 할 수 있는 돌파다.

아니, 기병대가 존재하는 이유다.

급습, 그리고 돌파.

속도를 살린 예상치 못한 시기의 공격과, 전투에서 적의 부대를 두 쪽으로 쪼개 버리는 게 바로 기병대의 기본 임무다.

그러니 모든 기병대가 돌파는 기본적으로 익힌다. 부대특성상 여기에 조금씩 다른 작전을 가미하기도 한다.

히히히힝!

친위대 전마들이 일제히 울음을 토해냈다.

백 이상의 전마가 토해내는 울음인지라 소리는 컸고, 큰 만큼 파장역시 컸다.

"뭐, 뭐야!"

"막아!"

그 당황한 외침이 끝나는 순간, 안 그래도 어두운 소요진의 하늘이 더욱 어두워졌다. 전마를 든 친위대가 일제히 몸을 날려 떠오른 것이다.

백 이상의 전마가 하늘로 솟구치는 모습은 장관이었다. 하지만 장관 뒤에는 악몽이 기다리고 있었다.

콰드득!

콰직!

전마의 육체가 그대로 남궁세가 무인들을 짓뭉갰다.

"피해!"

"피하지 말고 막아! 뒤에 군사가 있다! 절대 뚫리지 마라!"

각각 다른 명령이 나왔다.

일순간의 장관에 맨 뒤에 있던 지휘 계통에서도 혼란이 온 것이다. 그럴 만했다. 본능이었으니까.

"버텨! 두 팔로 끌어안아서라도 막아!"

"조, 조금만 버티면 지원군이 온다! 조금만 버텨!"

이를 악문 외침이다.

확실히 지원군은 오고 있다.

소요진 중앙에서부터 빠진 일백의 무인들이 경신법을 극으로 끌어올려 달려오고 있었고, 친위대 바로 뒤에 비천대도 오고 있었다.

거리는 얼마 안 된다.

"비천대의 길을 열어!"

"뒷줄은 전부 비켜! 돌파당했으면 빠져서 다시 내 뒤로 와!"

이미 돌파당한 전열의 무인들은 곧바로 그 명령에 반응, 좌와 우로 빠져 뒤로 되돌아갔다. 그러면서 비천대에 길이 열리기 시작했다.

그러나 짧다.

늦은 감이 있다.

게다가 전부 반응한 게 아니었다. 아직 미적거리는 무인이 있었고 그건 그대로 걸림돌이 되었다.

"비켜!"

쩌렁!

거대한 외침. 패도 가득한 외침이 터졌다. 비천대의 선두의 백면의 외침이었다. 그 외침에 다시 화들짝 놀란 남궁세가 무인들이 급히 움직이기 시작했다. 하지만 거치적거린다.

"제길! 나오라고!"

장팔의 짜증스러운 외침이 터졌다.

이미 비천대의 질주 속도는 거의 멈춰 있었다. 남궁세가 무인들을 치면서 달릴 수 없었기 때문이다.

"태산, 윤복! 후미의 조를 이끌고 군사한테 가라!"

"네!"

"네!"

백면의 명령을 받은 둘은 급히 속도를 더 줄였다. 그리고 좌우로 빠지기 시작하자 그 뒤로 후미의 비천대 스물이 알아서 따라 붙었다.

급박한 상황이다.

남궁유청이 같이 있으니 최악의 상황은 나오지 않을 거라 생각한다. 창천유검은 믿을 수 있는 비천대원이다.

하지만 모르는 일이다.

그의 이목을 피하는 살객이 존재한다면… 끔찍한 결과가 기다릴 지도 몰랐다. 그것만은 반드시 피해야 했다.

좌악!

백면이 탄 전마가 하늘을 날았다.

"악!"

"으악!"

어리하게 서성이던 무인 몇이 놀라 소리를 질렀다. 백면을 따라 남은 비천대도 남궁세가 무인을 피했다.

그러자 다시 친위대의 꼬리가 보였다.

꼬리가 보이자 백면의 눈이 다시 까맣게 물들어갔다. 내력의 운용이 일정 이상 넘어가면 보이는 현상이다.

그의 패검에 검은 기류가 뭉게뭉게 피어나기 시작했다. 절정에 달하는 것은 금방이었다. 즉각 백면을 검을 내리 그었다.

콰가가각!

검을 떠난 검기가 대지를 파헤쳤다.

아귀처럼 순식간에 공간을 잡아먹고 친위대 후미를 강타했다. 푸확! 대응할 새도 없이 들이닥친 백면의 검기가 그대로 친위대 셋을 전마와 함께 터트려 버렸다. 그 공격을 기점으로 제종, 마예, 장팔도 제각각 공격을 시작했다.

백면처럼 한 번에 다수를 공격하지는 못했지만 확실하게 하나씩, 하나씩 노려서 공격을 했다.

쉐에에엑!

제종의 손을 떠난 손도끼가 무시무시한 파공음을 내면서 친위대 하나의 뒤통수를 노리고 날아갔다.

쩡!

상체를 비튼 친위대가 제종의 손도끼를 쳐냈다.

퍽!

그 짧은 빈틈을 노리고 날아든 비수 하나. 갈충의 손을 떠난 비수였다. 정확하게 목젖에 박힌 비수가 친위대의 숨을 단숨에 끊어버렸다.

그의 무공 수준은 비천대 전체에서도 그리 높지 않다. 하지만 그건 전체적인 수준을 봤을 때고 갈충은 틈을 파고드는 암습 하나는 기가 막혔다. 정보를 분석하는 능력이 전투에도 발휘되는 것이다.

슉!

슈슉!

비천대의 공격을 막고 튕겨낸 이들에게 어김없이 갈충의 비수가 날아들었다. 한 발 한 발이 치명적이었다.

쳐내고 피해도 정말 귀신같이 비수가 연이어 날아들었다. 쳐낸 동작 후의 빈틈으로, 피하면 피하는 곳으로.

퍽! 퍼벅! 거의 동시에 들린 타격 소리는 그 짧은 순간에도 강렬하게 울렸다. 옆구리에 손잡이까지 파고들어간 비수 한 자루. 그리고…….

"으아악!"

눈을 뚫고 들어간 비수도 있었다.

괴로워하다가 그대로 낙마하는 친위대원의 육체가 비천대의 질주에 걸리면서 다시 한 번 걸레처럼 찢어졌다.

"따라잡아!"

백면의 전마가 결국에는 친위대의 후방을 완벽하게 잡았다.

퍽!

패검이 거침없이 친위대의 등짝을 후려쳤다. 바로 옆에서 피가 튀고, 살점이 휘날리는데도 친위대는 멈추지 않았다. 반격도 없었다. 정말 광기에 찬 전방으로의 광란의 질주를 이어가고 있었다.

확실해졌다.

무조건 군사가 표적이다.

콰직!

"이 새끼들!"

마예의 창이 그대로 친위대 하나의 등을 후려쳤다. 그러나 그걸 그대로 맞아 온몸이 휘청하면서도 친위대는 고삐를 잡아챘다. 죽어도 끝까지 달리겠다는 지독한 일념이 보였다.

"막아! 반드시 막아야 된다!"

마예가 목이 찢어져라 외쳤다.

"남궁세가 이 새끼들은 뭐 하는 거야! 왜 족족 뚫려!"

빌어먹게도 친위대의 돌파를 남궁세가의 무인들은 막지 못하고 있었다. 그게 참 빌어먹을 상황이었다.

도움이 안 된다.

도움이.

거리가 좁힌 비천대가 친위대를 막기 위해 무지막지한 맹공을 퍼부었다. 후미를 잡혀 반격도 여의치 않기 때문에 친위대는 비천대의 공격에 속수무책으로 당했다. 하나, 둘, 셋… 열.

낙마하는 숫자는 기하급수적으로 늘어나고 있었다. 근데

도 친위대는 뒤돌아보지 않았다. 멈추지도 않았다.

"빌어먹을 독종 새끼들!"

"좀 막아봐라! 뚫리지 말고 좀!"

제종과 갈충이 손을 쉬지 않고 공격하면서도 짜증스럽게 외쳤다. 그러나 그 외침은 정말 아무런 소용이 없었다. 남궁세가 무인들은 족족 뚫렸고, 친위대는 결코 멈추지 않았다.

삐익!

삐이이익!

그때 전방에서 다시 날카로운 소성이 짧게 한 번, 길게 한 번 울렸다. 그에 백면의 눈빛이 순식간에 굳어졌다.

분명, 무언가 명령이 떨어진 것이다.

그것도 지금… 이 상황에서.

등골을 타고 소름이 쫙쫙 내달렸다.

뇌가 맹렬하게 돌아가면서 대체 어떤 명령인지 파악하려고 애썼다. 퍼걱! 물론 손은 쉬지 않았다. 백면의 손에 들린 패검이 친위대원 하나의 목을 쳐 날리는 그 순간에 변화는 다시 벌어졌다.

"어… 어!"

"이런 젠장!"

"미친 새끼들!"

갖가지 욕설이 흘러나왔다.

친위대의 중위가 갑자기 확 밀집하더니 툭 잘려 나갔다. 이 단순한 행동은 그대로 벽이 되어 비천대를 막았다.

인마의 장벽이다.

바짝 따라붙어 있어서 회피하는 것도 불가능했다. 동시에 꽉 압축된 친위대 중후미의 육십 기를 비천대가 그대로 들이박았다.

파가가각!

꽈드득!

부서지고 깨지고, 터지는 파열음이 삽시간에 곳곳에서 터져 나오기 시작했다. 그리고 비천대는… 가속을 잃었다.

"이런 개새끼들이……!"

난전으로 들어서는 순간 백면의 입에서 거친 욕설이 흘러나왔다. 두 눈에서는 줄기줄기 광망이 넘쳐흘렀다.

그의 검에서 검은 기류가 흐르기 시작했다. 안개처럼 퍼져 나온 검기는 백면의 팔의 궤적을 따라 전방을 초토화시켰다.

그러나 그럴수록, 밀집은 점점 촘촘해져 갔다. 비천대는 친위대의 선두를 놓쳤다.

안 돼!

쩌렁쩌렁한 백면의 외침을 뒤로 하고, 추격을 따돌린 친위대의 선두가 그대로 무혜가 있는 곳으로 내달렸다.

이제 육안으로도 서로 확인이 가능한 거리.

남궁세가 무인들이 급히 뒤를 쫓지만… 애초에 친위대의 전마가 가지는 질주 속도는 만만치가 않았다.

눈밭이라 발이 푹푹 빠지는데도 거침없는 질주 끝에 무혜가 서 있는 언덕의 경사 아래에 도착했다.

죽여!

광기에 찬 분노. 그 소리 뒤로 또 다른 소음이 들렸다.

촤라라라락!

친위대의 옆구리로 검기가 날아들었다. 푸른 파도를 연상시키면서 넘실거려 날아온 검기가 그대로 친위대의 선두 좌측을 때렸다.

그리고.

푸가가각!

거침없이 말과 사람을 갈라 버렸다. 애초에 막아도 소용없는 일격이었다. 게다가 미처 대비도 못한 순간에 들어와 방어고 뭐고 전부 다 무시하고 친위대의 선두 좌측 열을 무너트렸다. 흠칫하고 그쪽을 바라보는 순간, 어느새 친위대원들은 동공 가득 차는 푸른 파도의 넘실거림을 재확인해야 했다.

"피해!"

"막아!"

하나는 피하라고 하고, 하나는 막으라고 한다.

상반된 명령이지만 친위대는 빠르게 반응했다. 검을 들어

후려치는 이들은 그 검기의 영역에서 벗어날 수 없는 이들이었다.

짜저저저정!

검기는 그들의 무기를 때리는 즉시, 갉아먹기 시작했다.

짜정!

이윽고 무기마저 깨트리고 들어가 주인을 잡아먹었다. 나머지는 그 하나가 몸으로 검기를 막는 순간 즉각 검기의 영역에서 벗어났다.

"흐음."

나른한 콧소리.

뚝. 갑자기 하늘에서 뚝 검은 그림자가 떨어져 내렸다. 치렁거리는 머리를 가지런히 정리해 묶은 여인.

여인의 손에 들린 검에는 검문(劍門), 두 글자가 양각되어 있었다. 확연한 특징. 소검후 이옥상이었다.

그녀의 등장은 예외였으며, 변수였다.

본래 정심의 곁에 있었어야 할 그녀가 왜 여기에 있는 것일까? 답은 그녀만 알고 있다.

"합."

짧은 기합 소리.

그와 동시에 검을 반대로 끌어당겼다가 쭉 가로로 긋는다. 지극히 간결한 동작에 푸른 파도를 연상시키는 검기가 다시금 뻗어져 나왔다.

준비에서 검기를 발출하는데 걸리는 시각이 정말 극히 짧다. 그녀의 경지가 얼마나 고강한지 알 수 있는 일격.

쩌저저저적!

선두의 친위대원 셋이 그녀의 검기를 후려쳐 흘렸다.

과연 선두를 맡은 대장다운 일격이었다. 보통 막아도 긁혀 먹혔는데, 그는 그걸 곧바로 파악하고 빗겨 쳐 버린 것이다.

유형화된 검기이다 보니 물리력이 먹혔다.

"그대로 밟아버려!"

이옥상의 검기를 후려친 자가 그대로 전마를 띄웠다. 밟아버리겠다는 심산이다. 그러나 당해줄 이옥상이 당연히 아니다. 쭉! 어느새 뒤로 십여 걸음을 물러서더니 다시 한 번 검을 그었다.

일반적인 공격을 해서 적을 제압할 시간이 없으니 최대한 간단한 동작에 검기를 실어 막겠다는 뜻.

정확한 판단이다.

단순히 합을 주고받을 때가 아니었다.

쩡!

이옥상의 공격은 막혔다.

다시 검을 회수하는 순간 그녀의 머리로 도끼 하나가 날아들었다.

"흡."

쩡!

쾌속으로 검을 회수한다. 그리고 그 방향은 도끼가 날아오는 곳으로 맞춰 역습을 튕겨낸 그녀가 다시금 검기를 발출했다.

촤악!

촤라락!

콰가가가각!

검을 튕겨낸 즉시 다시 빛의 속도로 검을 뿌리자 넘실거리는 파도가 그녀의 전방으로 생성됐다.

그냥 단순한 파도가 아닌… 검기의 파도.

검문의 역파검(力波劍)이다.

파도를 깨트리는 검.

즉, 파괴에 중점을 둔 검문에서 가장 살상력이 높은 검이다. 웬만해서는 검후가 쓰지 말라고 했던 검식이지만 지금 이 순간에 안 쓴다면 영원히 못 쓸지도 몰랐다.

힘 역(力)자가 들어간 것처럼, 이옥상의 이번 공격은 이전의 공격과는 확연히 달랐다. 쏘아져 나간 속도는 느렸지만, 검기의 영역, 담겨 있는 힘은 이전의 검기에 비해 거의 두 배 이상에 달했다.

진심전력으로 검격을 뿌렸다는 뜻이다.

"피해!"

"뛰어넘어!"

히히히힝!

파가가각!

전마와 갑주째로 찢어발겨 버렸다. 한두 기가 아니다. 이 공격에 최선두에서 검기를 뛰어넘어 버린 여섯 빼고 뒤의 여섯이 그대로 종이처럼 찢어졌다.

"죽어!"

사아악!

거대 거치도가 이옥상을 향해 날아왔다. 넘실거리는 악의와 살의가 거친 날에 어우러져 그녀의 목을 노렸다.

사악.

그녀가 고개를 뒤로 슬쩍 재꼈다.

그러자 손가락 길이만큼의 거리로 거치도가 지나갔다. 신기에 이른 회피. 그리고 거기서 멈추지 않고 그녀의 손이 뒤로 쭉 펴졌다. 그러자 손에 잡힌 검이 지나가는 친위대의 전마의 뒷말의 오금을 푹 찔렀다가 나왔다.

히히힝!

전마가 고통에 찬 울음을 터트리면서 그대로 앞으로 고꾸라졌다. 그러면 으악! 하는 신음을 흘리고 친위대원도 하늘을 날아 바닥에 떨어졌다.

쩌정!

이옥상의 검이 다시 순식간에 십자의 궤적을 그렸다. 좌우로 지나치는 친위대가 날린 공격을 쳐낸 것이다.

그러나 공격은 그게 끝이 아니었다.

줄지어서 좌우로 계속해서 지나가는 친위대의 공격이 연속적으로 이옥상의 몸을, 생명을 노리고 날아들었다.

쩡!

쩌저적!

가각!

쩌정!

불꽃이 튀고 공기가 터지고 쇠끼리 만나 기괴한 소음을 만들어냈다. 그리고 그건 모조리 이옥상이 받아냈다는 뜻이었다.

서걱!

그러면서도 아주 짧은 틈을 노리고 날린 반격이 친위대의 전마를 공격, 틈틈이 하나씩 낙마시켰다.

따다다다당!

이옥상의 검이 풍차처럼 돌면서 전면으로 날아들던 암기들을 전부 튕겨냈다. 호흡을 겨를 시각도 없이 날아들었지만, 경지에 든 그녀의 기감이 그녀 자신에게 날아드는 모든 공격을 잡아냈고, 그걸 쳐낼 실력도 이옥상에게는 있었다.

이윽고 친위대가 전부 지나쳤고, 이옥상도 곧바로 신형을 돌렸다. 그리고 사뿐한 걸음이지만 가공할 속도로 전방으로 쏘아졌다. 목표는 군사가 있는 곳이었다.

그 순간, 이옥상의 검기와 색은 비슷하지만 담긴 기세는 전혀 다른 검기가 충천했다. 최후의 보루, 남궁유청의 검기였다.

* * *

"거의 다 뚫렸구나."

"예."

피하지 않겠다고 한 무혜다.

무혜는 지금 전장 전체를 살펴보고 있었다. 좌와 우. 정면, 중앙, 후미까지 전부 시선에 넣고 있었다.

중간에 꼬리를 허리부터 잘라 버린 선택은 무혜의 인상을 팍 찡그려지게 만들었다. 설마 거기서 그런 선택을 내릴 줄은 무혜도 생각지 못했기 때문이다.

허리를 잘라 인마의 장벽을 만들어 비천대의 질주 속도를 꺾고 집단난전으로 끌고 들어갔다. 그건 정말 아군의 입장으로는 최악, 적군에게는 최선의 선택이었다.

'반드시 나를 죽이겠다는 생각이야.'

거기서 무혜는 알 수 있었다.

친위대의 생각을.

필살(必殺).

단어 그대로의 뜻을 그들은 머릿속에 새겨 넣고 있었다. 허리를 자른 것만 봐도 알 수 있었다. 저 위치에서, 저 상황에서 대열을 나눠 막았다는 것은 막은 모두를 포기한다는 뜻이다. 즉, 버린다는 뜻이다.

죽어도 상관없으니, 막아라.

선두가 천리통혜를 죽일 때까지만 막아라.

그런 뜻이다.

잔인한 행동이다.

그런데도 서슴없이 행했다.

그러니 반드시 무혜를 죽이겠다는 뜻이다.

'하지만…….'

무혜의 눈이 좌와 우에서 정말 바람처럼 달려오고 있는 일단의 기병대를 담았다. 비천대다. 백면의 판단으로 선회기동으로 중앙의 난전을 빠져 나온 태산과 윤복이 이끄는 비천대의 절반이 가속을 받아 가공할 속도로 달려오고 있었다.

꿀꺽.

거리는?

가속이 붙은 비천대.

'늦어.'

그래도 늦는다.

친위대가 중앙을 돌파하면서 거리를 단숨에 좁혔다. 돌아서 오는 것과 직선으로 오는 거리의 차이는 당연히 날 수밖에 없었다.

무혜의 미간이 확 좁혀졌다.

이렇게 되면… 그녀의 고집이 되려 많은 사람을 위험에 빠지게 한 게 되고 만다. 그녀는 냉철하다.

상황 판단력은 정말 빠르고 정확하다.

'빠지려면 지금. 여기서 조금이라도 더 지체하면 늦어.'

하지만 그녀의 복수심이, 그녀가 가진 책임감이 발을 붙들고 놔주지를 않았다. 아교라도 바른 것처럼 땅에 딱 붙어 떨어지질 않았다.

오만가지 상념이 뒤따랐다.

빠져.

말아.

저울에 올려놓고 순식간에 수십, 수백 번을 쟀다. 그러나 답이 나오질 않았다. 이를 꽉 깨물려는 찰나, 푸른빛의 일렁거림의 무혜의 시선에 잡혔다.

순식간에 생성되고 쏘아진 푸른빛이 친위대 좌측을 때렸고 곧바로 깨부숴 버렸다. 팔과 다리, 살점, 피가 튀었다. 잔혹한 장면. 그러나 그걸 보며 무혜의 입가에는 미소가 걸렸다.

대체 언제 나왔는지 모를 이옥상의 존재를 눈으로 파악했기 때문이다.

그녀는… 강했다.

다른 표현을 찾을 필요 없이 그냥 강했다.

검을 뿌리고 순식간에 사라져 친위대의 궤도를 막고 하는 걸 보면 정말 천상의 무장신녀가 내려온 것 같았다.

동시에 그녀의 등장은… 친위대의 질주 속도를 좀 늦췄다. 친위대의 마음가짐은 무혜에 대한 거침없는 돌격이지만 전마가 그녀가 뿜어내는 기세에 밀린 것이다. 그래서 저도 모르게 속도를 늦췄다.

아마… 친위대도 몰랐을 것이다.

그리고 그렇게 만들어진 짧은 시각 때문에 무혜는 웃었다. 이 짧은 틈이 비천대가 좁혀오는 거리에 지대한 도움을 줬다.

천운이다.

이옥상의 존재는…….

정말 더할 나위 없이 너무나 환상적인 순간에 등장했다. 마치 노린 게 아닐까 싶을 정도로. 아니, 노렸어도 힘들었을 것이다.

말 그대로 정말… 환상적이다.

'오라버니…….'

무린이 생각났고 고마웠다.

무린과 같이 온 이옥상이 이 위기를 넘기고, 반대로 상황 자체를 정리할 기회를 줬으니 말이다.

안 고마울 수가 없었다.

'이제… 얼추 맞아! 이제 노사님이 막아주기만 하면.'

고립이다.

친위대는 무조건 고립될 것이다.

비천대가 도착해 막기만 하면 된다.

'고마워요.'

무혜는 속으로 저 앞에서 치열하면서도 환상적인 공방을 펼치고 있는 이옥상에게 감사의 인사를 건넸다.

푸른빛의 궤적과 함께하는 이옥상.

무공을 모르는 그녀가 보기에도 이옥상은 정말… 대단하다. 그런 그녀의 신위를 넋 나간 듯이 바라보면서도 무혜는 입을 열었다.

"어르신."

"말하려무나."

"언덕 초입에 들기 직전에… 부탁드리겠습니다."

"그래."

무혜의 부탁에 남궁유청은 고개를 끄덕였다. 그리고는 검을 늘어트린 자세 그대로 걸음을 옮겼다.

자박자박.

눈이 남궁유청의 발걸음에 으깨지는 소리가 치열한 전장 속에서도 이상할 정도로 명확하게 울렸다.

뛰어오르고 좌우로 갈라지면서 이옥상을 피해 친위대가 달려왔다. 어느새 언덕의 초입. 여기다.

여기가 승부수다.

무혜는 저도 모르게 아랫입술을 깨물고 주먹을 꽉 쥐었다. 여기서 남궁유청이 아주 조금만 막아주면… 비천대가 먼저 도착한다.

남궁유청이 검을 들어올렸다.

지독히 파란 하늘을 닮은 색이다.

그의 검에서… 뻗어나가는 검기는.

하늘은 우중충함의 절정이지만, 기묘하게도 그래서인지 그의 검기가 너무 명확하고… 뚜렷했다.

뚜렷함은 예리함으로 변했고, 가닥가닥 예기가 살아 있는 창궁무애검의 검기가 친위대를 덮쳤다.

쩌저저정!

푸확!

막고 자시고 할 것도 없이 순식간에 공간을 접어 쏘아진 남궁유청의 검기가 친위대 선두를 헤집었다.

개중에 막은 친위대도 있지만 무기째로 박살이 났다. 완전히 조각조각 해체하는 검기다발이었다.

이격의 준비도 빨랐다.

떠오른 인마(人馬)의 파편이 채 바닥에 떨어지기도 전에 남궁유청의 검이 두 번째 일격을 준비했다.

준비부터 발출까지는 순식간이었다.

촤라라라락!

이번에는 좀 전과 다르다.

촘촘한 그물이다.

사실 이게 진짜 남궁유청의 가장 자신 있어 하는 절기다. 그 어디로도 피할 구석이 없다. 넓고 촘촘하고 빠르고 예리하면서, 그 안에 담긴 힘은 거대하다.

천하제일가의 심법으로 연성된 내력은 그 안에 검기 안에 막대한 거력을 부여하고, 앞을 가로막는 적은 모조리 찢어발긴다.

이게 바로 남궁유청의 창궁무애검이다.

콰가가가각!

영역을 넓혀가듯이 남궁유청의 검기가 다시금 친위대의 선두열로 쇄도했다. 노리는 표적은 명확하다.

소리쳤던 인물.

휘파람을 불었던 인물.

우챠이의 시신을 거두어갔던 친위대의 부대주다. 그를 잡으려 함이다. 그를 잡으면 지휘체계가 아마 통째로 무너질 가능성을 남궁유청은 느꼈던 것이다.

자고로 대장을 잡으면 그 뒤에 전투가 편해지는 것은 만고불변의 진리다. 우챠이도 잡았으니 부대주만 잡으면… 그냥 끝이다.

하지만 부대주는 만만치 않았다.

이옥상의 검기도 빗겨 쳐내 흘린 무력을 지녔다.

가가가각!

그의 거대한 야차도에서 붉은 도기가 줄기줄기 뻗어 나왔다. 악문 이, 억눌린 신음. 부지불식간이라 제대로 내력의 집중을 못했고, 그래서 무리하다보니 내부가 진탕된 것 같았다. 하지만 그래서 그는 목숨을 건졌다.

남궁유청의 푸른 검기와 부대주의 붉은 도기가 만나 서로 찢고 가르느라 무혜가 귀를 막아야 할 정도의 소음이 일었다.

찡그린 눈썹으로 격돌의 승자를 본다.

둘 다 무사했다.

아니, 남궁유청의 우세였다.

친위대 부대주가 전부 막지 못했는지 도를 들지 않은 왼팔이 어깻죽지부터 떨어져 나갔다. 푸확! 피가 분수처럼 솟구쳤다.

"……."

무혜의 눈썹이 찡그려졌다.

친위대 부대주가 붉은 기운이 일렁거리는 도의 면으로 살을 지진 것이다. 치이익! 살이 타는 소리가 무혜의 귀까지 들렸다. 의식하고 있었더니 그 소리를 청각이 잡아낸 것이다. 하지만 그런 거슬리는 소리까지도 참아낸다. 참으로 독종이다.

"으음……."

그러다 무혜가 신음을 흘렸다.

친위대 부대주가 정확히 언덕 위에 있는 무혜를 노려본 것이다. 지독한 살기가 번들거리고 있는 흉광과 살의를 받았으니 무공을 모르는 무혜가 심적인 충격을 받은 것은 당연한 일이었다.

슥.

그걸 느꼈는지 귀신같이 남궁유청이 그 앞을 막았다. 심령으로 파고들던 악한 감정도 딱 차단되고, 후우… 무혜는 겨우 깊은 한숨을 내뱉었다. 쿵쿵거리는 심장은 아직 진정이 되지 않았다는 것을 알려왔지만 무혜는 그래도 다시금 전장을 살폈다. 빠른 시각 안에 전장을 전부 살핀 무혜는 심장이 격렬하게 뛰고 안색은 새파랗게 질렸지만 다시 웃을 수 있었다.

끝났다. 이겼어.

비천대가 다 왔다.

비천대가 이제 거리를 거의 좁혔다.

그러니 입가에 미소가 다시 걸렸다.

군사를 보호해!

앞을 막아!

두드드드드!

순식간에 들어선 비천대가 좌우에서 친위대 선두를 그대로 후려쳤다. 태산의 대검과 윤복의 마상대도가 거무튀튀한 검기와 도기를 뿌렸다. 지면을 파헤치고 날아간 두 사람의 기운이 친위대의 가장 선두에서 달려오던 친위대를 덮쳤다.

그그그그극!

그러나 가장 선두열은 역시 가장 정예인 법이다. 그들은 둘의 공격을 정확히 막았다. 그리고 힘겨루기에서도 밀리지 않고, 오히려 지면으로 다시 처박았다. 그리고 다시 앞을 봤을 때는 이미 비천대가 완전히 근접해 빗겨가면서 붙어 난전으로 끌고 가기 시작했다.

쩡!

쩌정!

친위대는 결국 질주를 멈출 수밖에 없었다.

갑주 위에 흑의 무복을 입은 비천대와 그냥 검은색 가죽갑옷을 입은 친위대의 난전은 치열하게 진행되었다.

쩡!

쩌정!

깡!

치고, 막고.

베고, 가르고.

목숨을 건 일격이 촌각마다 수없이 나를, 적을 노리고 날고 또 날았다. 단 한순간이라도 방심하는 순간 머리는 목과 분리될 것이고, 심장은 구멍이 뚫려 따뜻한 피를 콸콸 쏟을 것이다.

그리고 육신은 기능을 멈출 것이다.

그게 죽음이다.

그러니 그렇게 되지 않도록 매 순간마다 긴장하고 극도로 감각을 열어 전후, 좌우, 팔방 전체를 훑어야 했다.

심력의 소모가 장난이 아니었다.

입안에 침이 잔뜩 고였지만 목구멍을 통해 식도로 넘어가지 못하고 입술을 타고 겉으로 주륵주륵 흘렀다. 삼킬 기회가 없기 때문이다.

그럴 겨를조차 없다는 뜻이다.

파사삭!

푸확!

윤복의 친위대 하나의 목을 정확히 쳤다. 아래에서 솟구치

듯이 올라간 일격을 친위대가 막았지만, 그 순간 살짝 날을 비틀어 그대로 내력과 무기 자체를 베고 목까지 쳐 버린 것이다.

"이 버러지 같은 새끼들한테 뚫리지 마라!"

"무조건 물고 늘어져! 관 조장님의 복수다! 개처럼 처 물어서 갈가리 다 찢어버려! 한 놈도 남기지 말고!"

태산과 윤복이 얼굴, 옷 할 것 없이 피칠갑을 하고 외쳤다. 흉신악살처럼 일그러진 둘의 외침에 비천대가 곧바로 반응했다.

반응은 좋은 쪽이었다.

다시금 관평을 언급하자 사기가 급속도로 솟구쳐 올라갔다. 말했듯이 통제 가능한 분노는 전투력의 상승을 가져온다.

비천대는 모두 끓어오르는 살심과 분노를 제대로 통제했다.

죽어!

이 시발, 개새끼들아!

거친 욕설이 난무하기 시작했다.

악귀처럼 얼굴이 일그러지고 정말 미친 듯이 물어뜯기 시작했다. 물론, 그런다고 피해가 없을 수는 없었다.

누누이 말했지만… 전장은 반드시 전사자를 만들어낸다. 최정예와 창도 제대로 못 찌르는 오합지졸끼리 붙어도 최정예에서 피해자가 나올 수 있다. 아니, 나온다. 이건 만고불변의 법칙이다.

그런데 지금은 거의 비슷한 수준끼리 붙었다.

물론 비천대가 분명히 유리한 상황이긴 하지만 절대적인 무력의 부재 하나 차이지, 전체적인 무력 수준의 차이가 아니었다.

"크……."

기형적으로 긴 창 하나가 쭉 틈과 틈 사이에서 뻗어 나오더니 비천대원의 심장에 틀어박혔다. 하필이면 다른 곳에 한눈을 판 순간에, 그 순간에 너무 빨리 들어온 일격이다. 막을 수가 없었다.

기리리릭…….

꾹.

창대를 움켜쥔 비천대원이 천천히 고개를 돌려 창을 찌른 자의 면면을 살폈다. 그러더니 피를 울컥 터트리고 희죽 웃었다.

"이익!"

창을 잡은 친위대원의 얼굴이 반대로 일그러졌다. 힘을 줘도 창이 빠지지 않았다. 이 상황에서 무기를 놓친다는 것은 말할 것도 없었다.

정말… 치명적이다.

그러나 계속 창과 씨름하는 것은 더 치명적인 실수가 된다.

지금처럼.

푸각!

"커윽……."

비천대가 던진 비도가 초근접 거리에서 날아와 그대로 목울대에 쑤셔 박혔다. 안 그래도 날카롭게 벼려진 비도인데 거기에 내력까지 더해지니 그대로 목 자체를 잘라 버렸다. 비도만 박혔어도 죽었겠지만 이렇게 되니 완전히 십 중 십 할로 죽음의 강을 건너게 되어버렸다.

퍼걱!

둔탁한 소음.

다른 비천대원의 머리가 박살 나는 소리였다. 팔다리도 아니고 머리에서 저 정도 소리가 날 정도면… 가망이 없다.

눈도 몇 번 못 끔뻑거리고 그대로 낙마. 퍽! 퍼벅! 거친 전마들의 투레질에 삽시간에 잘리고 해체됐다.

빌어먹을!

거친 욕설이 태산과 윤복의 입을 타고 나와 흩어졌다.

히히히힝!

전마가 울고 비천대도 울었다. 아군의 시체를 짓밟아야 하는 이 현실. 무겁고 무섭다. 그래서 그 모든 걸 돌려 친위대에게 풀었다.

물론 그들도 마찬가지였겠지만…….

그 순간이다.

슈아악!

쉭! 쉬익!

순간적으로 말에서 뛰어내린 친위대 셋이 난전을 빠져나갔다. 치명적인 실수다.

"안 돼!"

"막아!"

곧바로 태산과 윤복도 뒤따라 내려 몸을 날렸다. 전면에는 남궁유청이 버티고 있다. 노사라면 믿을 수 있는 두 사람이지만 튀어나간 적의 숫자는 셋. 한 손으로 두 손을 감당하는 남궁유청이라도 하나는 놓칠지 모른다.

그게 위협이다.

치명적인 위협.

한 놈이라도 남궁유청을 피해 빠져나가면 군사에게 절대적인 위기가 온다. 정말 필사의 위협이다.

윤복과 태산 두 사람이 튀어나가고, 주변에 있던 난전에 막 끼어들던 남궁세가 무인 몇도 같이 친위대 셋을 쫓기 시작했다.

빨랐다.

거친 초원에서 양성된 전사라 그런지 정말 눈길을 헤집고

잘도 달렸다. 재수 없게도. 급히 용천혈에 내력을 집중하고 뛰는 두 사람이지만 거리는 좁혀지지 않았다. 먼저 튀어나간 지라 이미 가속을 받을 만큼 받아버린 것이다.

막을 수가 없었다.

"노사님!"

"제발!"

간절함이 담긴 외침이었다.

그 소리에 남궁유청은 반응했다. 아니, 이미 반응하고 있었다. 친위대 셋이 달려오는 각도를 재고 계속해서 뒤로 물러나고 있었다.

정면, 그리고 좌와 우.

전형적인 합격진이다.

하지만 안타깝게도 전형적이란 말은 그만큼 잘 통한다는 소리이기도 하다. 남궁유청의 인상이 확 굳어갔다.

좌와 우.

그리고 정면.

정면이 가장 빨리 오고 있었다. 가장 선두에 있다는 뜻이다. 물론 좌와 우로 간 놈들은 그쪽으로 빠졌으니 상대적으로 늦을 수밖에 없다. 하지만 그 안에는 뜻이 담겨 있다.

세 번째.

첫 번째와 두 번째 공격을 하는 놈은 남궁유청의 손발을 막기 위함일 것이고, 세 번째 놈은 아마 그 틈을 타서 빠져나갈 생각일 것이다.

표적은 남궁유청 본인이 아니라는 것을 그는 당연히 알고 있었다.

판단을 내려야 했다.

첫 놈부터!

남궁유청의 검이 번쩍였다.

정말 말 그대로 번쩍였다.

궤적 하나만 살짝 보인 거 같은데 이미 검기는 일어나 정면으로 달려오는 친위대에게 쇄도하고 있었다.

흡!

검기의 표적이 된 친위대원이 하늘로 뛰어 올랐다.

틈이다.

뛰는 각을 예상한 남궁유청의 검이 다시금 번쩍였다. 깔끔한 베기에 반월을 연상시키는 검기가 쭉 뻗어나갔다. 그러면서 동시에 좌와 우를 살폈다.

우측이 빨랐다.

갑자기 속도를 확 올려 잘못하면 그냥 놓칠 정도로 달리기 시작했다. 남궁유청은 그 순간에도 계속 뒤로 달리고 있었다.

판단.

다시금 판단이 필요하다.

슈악!

남궁유청이 검을 그대로 던졌다.

내력이 충만하게 담긴 그의 검이 그대로 빛살이 되어 좌측에서 달리던 친위대에게 정확히 날아가기 시작했다.

어찌나 빠른지 눈 한 번 깜빡이면 시야에서 놓칠 정도였다. 실제로 놓친 무인도 꽤 됐다.

쩡!

그래서 친위대도 피하지 못했다.

다만, 손에 든 무기로 겨우 막기는 했다. 하지만 검에 담긴 거력이 그의 신형을 뒤로 날려 버렸다.

큭!

신음이 흘러나오는 걸 들은 즉시, 남궁유청이 움직였다. 우측에서 이제 막 자신을 지나치기 직전이 친위대에게 몸을 돌려 달려갔다.

쭉쭉 뻗어나가는 천리호정의 경신법.

극에 달한 그의 신법은 친위대보다 더 빨랐다. 말 그대로 쭉쭉 늘어나 어느새 정면에 딱 도착해 그대로 손을 뻗었다.

쉐에에엑!

바람 찢어지는 소리가 들렸다.

천풍장(天風掌)이다.

하나, 둘, 셋, 여섯에서 아홉까지 급속도로 늘어난 천풍장이 친위대의 얼굴부터 시작해 각 요혈을 뱀처럼 노리고 들어갔다.

일부로 환의 묘리를 담아 펼쳤으니 다급해지는 건 당연했고, 퍽! 소리와 함께 복부에 천풍장이 제대로 들어갔다.

붕.

친위대원의 몸이 천풍장의 내력에 밀려 공중으로 붕 떠서 뒤로 날아갔다. 그 순간 뒤로 달려오는 남궁세가 무인들의 모습이 남궁유청의 시선에 잡혔다.

"부탁하네!"

그 외침과 함께 즉각 몸을 다시 돌렸다.

어느새 반대쪽에서 친위대가 일어나 남궁유청을 지나치고 있었다. 그리고 그 뒤를 윤복과 태산이 바짝 쫓고 있었다.

거리는?

가속은?

순식간에 판단이 끝났다.

못 잡는다.

남궁유청의 신형이 다시 쭉쭉 치고 나가기 시작했다. 성큼성큼 걷는 것 같은데 어느새 대각으로 가로질러 친위대원에게 근접해 가고 있었다. 하지만 그래도 애매한 감이 있다.

큭!

입새로 짧은 신음을 흘렸고, 그 다음 즉시 뒤쪽의 태산과 윤복에게 시선을 던졌다. 그러자 그 시선을 받은 태산과 윤복이 즉각 반응했다.

척하면 척이다.

이들이 쌓아올린 전우애라는 견고한 성은 단지 눈빛을 주고받는 것만으로도 서로가 원하는 것을 들어줄 힘이 있었다.

"흐읍!"

"흡!"

비슷한 들숨의 과정.

동시에 태산과 윤복이 어깨를 그대로 당겼다가 뻗었다.

쉐에엑!

슈악!

투척이다.

무시무시한 파공음을 내면서 대검과 마상대도가 공간을 가로질렀다. 제아무리 빠르다 해도 던진 무기보다 빠를 수는 없는 노릇이다. 마치 기형 무기로 분류되는 원형의 륜처럼 회전하면서 날아간 둘의 무기는 등과 다리를 노렸다. 그것도 엇갈리게 노려 피하기도 애매한 각을 노리고 날아갔다.

"크!"

파공음을 들었는지 즉각 고개를 돌렸다가 날아오는 무기

를 확인한 친위대원이 이를 악물었다.

하지만 역시 친위대도 고수는 고수였다.

쩡!

하나는 쳐내고, 등으로 날아오는 건 순간적으로 앞구르기를 한 번 하면서 정확히 피해냈다. 두 공격이 무용지물이 된 것이다.

그러나 그걸로도 충분했다.

왜?

남궁유청에겐 그 짧은 주춤거림으로도 충분히 간격을 좁힐 실력이 있었기 때문이다. 다시 신형을 세우고 달리는 친위대원.

그가 막 가속을 얻기 시작할 무렵 남궁유청의 손바닥이 다시 날아들었다. 좀 전과 같은 천풍장이다.

그러나 이번엔 환의 묘리가 아닌 쾌가 담겨 있었다.

슉!

슈슉!

순식간에 세 곳을 노리고 들어가는 남궁유청의 천풍장. 푸르스름한 빛이 맴도는 걸 보면 분명히 맞는 순간 즉사다.

어디를 맞추던 장(掌)에 담긴 내력이 육신을 파고들어 그대로 뒤까지 뚫어버릴 것이다. 그에게는 그럴 힘이 있었다.

쩡!

쩌정!

하지만 역시 쉽지 않다.

이글거리는 눈.

이자…….

남궁유청은 단번에 알아보았다. 친위대를 가장 선두에서 이끌고 있던 자라는 것을.

쩡! 쩌정!

공방을 순식간에 주고받았다. 남궁유청은 못 가게 하기 위해 공격하고, 친위대 부대주는 빠져나가기 위해 공격했다. 앞을 막고, 피하고, 다시 막고. 순식간에 계속해서 거리를 좁혔다.

하지만 실력은 역시… 남궁유청이 윗줄이었다. 남궁유청은 계속해서 그를 무혜가 서 있는 곳에서 떨어트리려 했다. 밀어내고 있는 것이다. 그러면서 자신도 같이 떨어졌다. 이 와중에 조급해지는 건 당연히 친위대 부대주.

으아아아!

거친 고함과 함께 그의 발이 남궁유청의 낭심으로 날아들었다. 무인 간에 대결이라면 생사결에서도 잘 안 나오는 공격. 그러나 남궁유청은 이미 전장을 굴렀다. 이런 공격? 이미 상당한 경험이 있었다.

탁!

들어 올려 슬쩍 민 발바닥이 미처 부대주의 발이 미처 펴지기도 전에 막았다. 그리고 그 순간.

퍽!

퍼버벅!

연달아 터진 좌우장이 그의 가슴에 두 방, 그리고 턱과 얼굴 옆면을 올려쳤다. 의식까지 날려 버리는 일격이다.

겨우 의식만 날렸나?

가슴팍에 들어간 두 방은 갈비뼈와 속의 내부 장기까지 모조리 찢어버렸을 것이다. 그가 운용하는 창궁대연신공(蒼穹大衍神功)에는 그만한 힘이 있었다. 아니, 그 정도를 넘어 아예 차고도 넘쳤다.

"크륵……."

가래 끓는 신음과 함께 피거품을 뿜어낸다.

"……."

그걸 남궁유청은 말없이 노려봤다.

그런데 그 순간.

돌연 그가 희죽 웃었다.

"음……?"

왜 웃지?

하고 의문이 드는 순간 찢어지는 비명이 들렸다.

안 돼!

놀라 고개를 돌리니 언덕 위에 무혜에게 가공할 속도로 달려드는 무인이 있었다. 복장은… 남궁세가의 무복.

푸르고… 푸르다.

소요진에서 푸른 무복을 입은 무인은 오직 남궁세가뿐이다. 근데 왜 저 무인이 무혜를 향해 달릴까? 그 순간 벼락처럼 머릿속으로 스쳐가는 단어.

"비인!"

놓쳤다.

이 셋에 집중하느라 중요한… 너무나 중요한 것을 놓쳤다. 패착이다. 너무 큰 실수다. 어찌 이런 실수를……!

"크흐흐……."

부대주의 입에서 웃음이 흘러나왔다.

회심의 미소, 웃음이었다.

일그러지는 얼굴.

그 순간.

우윳빛 궤적이 공간을 꿰뚫었다.

그 궤적은 무혜에게 달려들던 살객의 가슴을 뚫고 지면에 박혔다.

쾅……!

화탄이 터지고, 지면이 폭발했다.

무시무시한 힘이다.

그런데 그건 의문이 든다.

어?

뭐지……?

대체 뭐가……?

이런 의문.

심지어 남궁유청의 얼굴에도 의문이 떠올랐을 정도였다. 그러나 금방 이해한 남궁유청이다. 너무나 상징적인 빛깔이 궤적을 그렸기 때문이다. 굳었던 얼굴이 천천히 펴졌다.

"정말 끝내주는 순간에 돌아왔구나."

그 말과 함께 미소도 피었다.

어떻게?

라는 의문은 필요치 않았다.

왔다는 게 중요하다.

"크륵, 크흐흐, 어째서… 어째서 네놈은……!"

시끄럽다.

퍽!

손등으로 돌려 친 일격이 부대주의 머리통을 날려 버렸다.

그리고 그 순간.

무혜의 앞으로 한 사내가 떨어져 내렸다.

멀리서 봐도 딱 알아볼 수 있었다.

진무린.

비천객.

아니.

비천무제(飛天武帝)의 귀환이었다.

第百四十八章 무제신위(武帝神威)

그의 등장은 예상 밖이었다.

너무나 예상 밖이어서… 전투가 일순간 멈출 정도였다.

거의 다 죽었다. 무린의 전투를 본 사람은 안다. 정말 비천객의 목숨은 경각까지 끌려올라 갔다는 사실을. 이곳저곳 부서지고 고장 난 곳이 한두 곳이 아니었다.

웬만한 무인이었다면 그 정도 부상을 입으면 사망이다. 그런데도 살아남은 건 그의 무력이 고강한 탓.

살아남은 게 천운이다.

치료를 받고 다시 정상으로 돌아오려면 하루 이틀로는 진짜 어림도 없을 것이다. 그런데 그는 지금 저 자리에 있다.

천리통혜의 앞을 턱 가로막고서.

어이가 없음을 넘어서 저 무제의 정신력과 육체에 경외감이 들 정도였다. 그래서 멍하게 비천객… 아니, 비천무제를 올려다봤다.

그리고 이 순간, 가장 놀란 것은 당연히… 무혜였다.

"오, 오라버니……."

무혜의 부름에 상처투성이의 등이 돌았다.

가볍게 돌린 그의 신형은 정상이었다.

부서지고 박살 난 그 모든 곳이 정상이었다.

대체 어떻게?

무혜는 두 눈으로 직접 봤다.

불가사의다 이건.

너무 놀라 말도 안 나올 정도였다. 하지만 그런 감정은 곧 사라졌다. 울컥! 가슴 속 밑에서부터 뜨거운 정이 치밀어 올라왔다.

"오라버니!"

"……."

무혜가 달려들어 무린을 안았다.

그리고 눈물을 터트렸다.

어떻게 참아볼까 하는 생각도 하지 못했다.

왈칵 치밀어 오른 눈물은 급속도로 무린의 가슴에 묻어 그의 탄탄한 가슴을 타고 또르르 흘렀다.

"으으… 으으으……!"

무혜의 입에서 억눌려 나오는 울음은 그녀가 그동안 견뎠던 그 모든 것들 때문에 나오는 눈물이었다.

무린의 상태.

남궁현성과의 설전.

살객의 기습.

적군의 군사와의 계략전.

등등.

수많은 것이 그녀의 가슴을 압박했다. 그리고 절정은… 역시 좀 전이었다. 남궁세가 복장을 한 살객이 달려들 땐… 그땐 거의 모든 걸 포기했었다. 도망? 그녀가 무슨 힘이 있다고. 살객은 정말 완벽한 순간을 잡았다.

남궁유청이 그녀에게서 떨어진 그 순간을 노리고 아주 정확하게 치명적인 독을 품은 비수를 뽑아 들었다.

아주 찰나였지만 무혜는 보았다.

푸르스름한 서늘함이 아니라 녹색의 짙은 빛깔을 품은 비수를 말이다. 보는 순간 독이라고 무혜는 곧바로 깨달았다.

스쳐어도 사망이었다.

내공이 없으니 저항할 틈도 없이 곧바로 황천길로 떠났을 것이다. 살객이 비수를 던지려 어깨를 잡아당긴 그 순간, 우윳빛 궤적이 무혜를 스쳐 지나갔다. 쌔앵! 궤적이 지나가며 생긴 풍압에 머리카락이 정말 미친년처럼 나부꼈을 정도였다.

그리고 그걸로 끝.

살객은 행동을 즉각 멈췄다.

포기한 그 순간, 짠하고 무린이 나타났다. 그리고 그 포기했을 때 무혜는… 정말 무서웠다. 너무 무서워 아무런 말도, 아무런 행동도 할 수 없었다. 완전히 얼어붙어서. 그러니 무혜의 눈물이 충분히 이해가 갔다.

스윽.

무린의 손이 무혜의 머리를 가만히 쓰다듬었다.

"고생했다. 정말 고생 많았어."

왈칵.

"으으… 우으으으……!"

그 말에 눈물이 더욱 흘렀다.

만감(萬感)의 교차.

"이제 좀 쉬어라. 남은 건 이 오라비가 정리하마."

"우으, 우으으……."

톡.

무린의 손길에 무혜의 울음이 슬그머니 가라앉기 시작했

다. 무린이 수혈을 짚은 것이다. 정신적으로 지독한 혹사를 당한 무혜에게는… 딱 적당한 처방이었다. 이 후 시간은 많다. 무혜가 푹 쉬고 일어나서 지금 못한 말을 나누면 된다.

가볍게 안아드니 보이는 무혜의 얼굴. 눈물로 얼룩이 잔뜩져 있지만 얼굴에는 편안했다. 미소까지 살짝 피어 있는 걸보니 자고 일어나면 많이 좋아질 것이다. 무린의 등장만으로 일어난 변화다. 하지만 무린은 안심하지 않고 맥도 잡아 봤다.

미약하지만 정상적인 박동이 느껴졌다.

후우.

안도의 한숨이 무린의 입가에서 나왔다. 그는 무혜의 뺨을 가만히 쓰다듬었다. 차가운 한기가 느껴졌고 다시 무혜의 맥을 잡았다. 그러자 얼마 안 지나 하얗게 질려 있던 무혜의 뺨에 홍조가 깃들기 시작했다.

내력의 전이.

무린은 변했다.

아주 많이.

"이놈, 탈각을 하더니 아주 용이 됐구나. 용이 됐어. 허허허."

어느새 옆에서 들려오는 목소리.

남궁무원의 목소리였다.

그의 얼굴에는 기분 좋은 미소가 걸려 있었다.

대체 무슨 일이 있었던 것일까?

탈각(脫殼).

그 안에 답이 있었다.

무린은… 절정의 벽을 깬 것이다.

완벽하게.

더할 나위 없이 너무나 완전하게.

부상에 대한 치유도 아마 거기에 답이 있을 것이다.

“어르신께서 무혜를 봐주셨으면 합니다.”

“그러마. 후딱 가서 정리하고 오너라.”

“예.”

무린은 무혜를 남궁무원에게 건네고 살짝 고개를 숙여 감사의 읍을 했다. 그리고 다시 신형을 돌렸다.

쉭.

쉭쉭.

순식간에 그의 옆으로 구름처럼 몰려드는 일단의 무리. 순식간에 나타나더니 언덕 위를 채워갔다. 복장은 딱 두 가지로 나누어지고 있었다. 금빛의 무복, 그리고 칙칙한 암회색의 무복.

무복의 가슴에도 각자 따로 표식이 붙어 있었다.

제갈(諸葛).

황보(皇甫).

산동의 오대세가 두 곳이 온 것이다.

늦을 거라 예상했던 오대세가의 선발진이었다.

"하, 역시 늦었군."

안색을 굳히며 무린의 곁으로 다가온 사내. 무린보다는 좀 어리지만 그도 먹을 만큼 먹었다. 중요한 건 그게 아니라 그의 이름이다.

황보악(皇甫惡).

음지의 무림에서 사신으로 이름 높은 명왕공(明王公)이다.

"빨리 참전해야겠습니다. 저희는 남궁세가 본대가 있는 곳으로 가겠습니다."

그러더니 훌쩍 몸을 던지는 사내. 그 뒤를 따라 금빛 무복을 입은 검수 일백이 뒤따랐다. 제갈세가의 무력의 중추인 금검대(金劍隊)다.

그리고 그들을 이끄는 이는 길림에서 무혜의 명령에 따라 잠시 헤어졌다가 본가로 따로 탈출 후 금검대 전체를 이끌고 온 금검, 혹은 한천검으로 불리는 제갈명(諸葛明)이다.

"그럼 우린 저쪽을 정리하겠소."

"그러시오."

명왕공 황보악도 바로 움직였다.

그의 별호를 딴 명왕대와 황보악을 따르는 삼 남매, 강, 산과 연도 같이 움직였다. 언덕을 따라 쾌속의 질주를 시작하는 명왕대와 명왕사공(明王四公). 잠시 멈춰 있던 전투가 다시 시작되는 신호탄이었다.

무린도 움직였다.

한 발자국 앞으로 내딛자 뒤에서 남궁무원의 목소리가 들려왔다.

"감각을 극으로 일깨워 신체를 조율하는데 중점을 두도록 해라. 탈각 직후이니 아마 생각과 육체의 괴리감에 삐그덕거릴 수도 있을 게야."

"그렇게 하겠습니다."

무린은 순순히 대답했다.

딱 봐도 무슨 일이 있었다.

보면 안다.

은(恩)을 입었다.

그것도 큰 은이다.

생명.

남궁세가에 대한 무린의 감정은 수많은 사람이 안다. 그런데도 이렇게 호의적으로 대답하는 걸 보면 생명의 은. 그것밖에 답이 없었다.

저벅저벅 걸어가는 무린의 신형은 어느새 투창으로 죽인 살객에게 도달해 있었다. 그의 가슴에 반짝이는 검은색 단창.

쌍창이자 단창인 비천흑룡 중 날을 가진 흑룡이다.

잡아 뽑아, 허리에 끼고 있던 비천을 꺼내 연결했다. 두 개의 단창이 철컹! 소리와 함께 아귀가 맞아가면서 완전한 비천흑룡의 모습으로 변했다.

서늘함이 손바닥을 타고 느껴지면서 아직도 삐걱거리는 뜨거운 괴리감을 차갑게 식히기 시작했다.

"……."

그리고 다시 언덕 밑을 바라봤다.

다시금 시작된 전투의 열기가 피부는 물론 폐부까지 순식간에 파고들어 왔다. 그 열기에 감각이 순식간에 일깨워지고, 극으로 활성화되기 시작했다.

탁.

타닷.

훌쩍 몸을 던진 무린의 신형이 언덕을 거침없이 질주하기 시작했다. 그리고 언덕의 반도 안 내려갔는데 가속은 최고조로 붙었고 무린의 신형이 흐릿해졌다. 완전히 차원이 다른 속도. 일류무인의 내력을 고도로 집중한 안력에서도 무린의 신형은 흐릿했다. 이 정도면 일반인은 아예 시야에서 놓칠 정도일 것이다.

탓.

쉬에에엑!

그리고 어느새 날아올라 창공을 비상했다.

슈아악!

쾅!

떨어져 내린 무린의 주변으로 거대한 기파가 동심원을 그리며 퍼져 나가기 시작했다. 살인적인 기파.

절정의 벽을 넘은 탈각의 무인.

비천무제의 신위는… 그야말로 압도적이었다.

무제신화.

그중 비천무제의 진정한 첫 걸음은 소요진에서부터 시작이었다.

*　　　*　　　*

절정의 무인이 뿌리는 기파(氣波)는 분명 강렬하다. 어느 정도인가 하면 내력이 없는 일반 양민은 쏘이는 즉시 새하얗게 질려 쓰러질 것이다. 심성이 약하면 숨이 넘어갈 수도 있다. 열 살도 안 되는 어린아이라면?

죽는다.

십 중 구의 확률로 기파에 먹혀 숨이 넘어갈 것이다. 그 정도다. 절정의 무인이 대놓고 뿌리는 기파는.

그럼 지금 무린이 뿌리는 기파는?

기파가 영역 안에 들어선 모든 이를 강제로 어린아이로 만들어 버릴 정도였다. 압도적이라는 말을 했지만 어쩌면 그 이상일지도 몰랐다.

가장 무린과 가까이에 있던 친위대의 눈동자는 거의 넘어가기 직전이었다.

화아악!

그 순간 기세가 거둬졌다.

자신의 기파가 친위대뿐만이 아닌 비천대에게도 영향을 끼치고 있다는 걸 알았기 때문이다.

"음… 이 정도군."

무린은 손가락을 쥐었다 폈다 하면서 중얼거렸다.

좀 전은 실험이었다.

탈각 후의 변화를 재기 위한.

일단 기파는… 말도 못할 정도로 올라갔다. 단순한 기운이 아니다. 완전히 유형화된 기운을 뿌렸다.

살기까지 섞었으면?

아마 우수수 기절할지도 몰랐다.

그런데 이상하다.

우챠이는 이렇지 않았다.

철정의 벽을 넘은 것 같다고 들은 우챠이는 이 정도의 파괴력을 보여주지 못했다. 아무리 높게 잡아줘야 탈각 전의 자신보다 내력만 많고, 기세가 높았다. 실제 전투력은 비슷했다. 임기응변 쪽에서는 무린이 좋았고 힘이나 기세 쪽은 우챠이가 나았다. 하지만 단지 그뿐이었다. 지금 무린의 기파만큼은 아니었다.

근데도 절정의 벽을 넘었다 평가받았다? 이상하다. 절정 이상의 모습을 보여줬으니 그렇게 알려졌을 것이다.

그게 아니라면?

"인위적인 탈각? 아니면 선전."

둘 중에 하나다.

인위적인 탈각은 어떤 방식인지 모른다. 다만 몇 번 했었고, 그 순간에만 보여줬다면 그럴 수 있었다. 그게 아니라면 남은 것은 북원의 선전이다.

무린은 전자나 후자 둘 다 가능성이 있다 판단했다.

"이놈……!"

생각에 잠겨 있는 무린.

전장에서 이런 행동은 금기 중에 금기이다만… 지금 이곳에서 무린은 그 어떤 위협도 느끼질 못했다.

진정한 탈각은… 무시무시했다.

퍽.

작고 깔끔한 타격음.

그냥 주먹으로 툭 친 것 같은 소리였다.

그러나 무린을 노리던 친위대는 다리가 풀리면서 그대로 푹 고꾸라졌다. 검은 궤적이 순간적으로 번쩍였지만, 그걸 본 사람은 극소수였다.

그만큼 빨랐고 강했다.

"음… 조절이 안 돼."

그러면서 조용히 중얼거리는 무린.

마치 놀러 라도 나온 모습이다.

그러나 이 모든 것은 의도된 연기이기도 했다. 이런 모습은 적에게 어떻게 보일까? 미친놈? 그럴 수도 있다. 하지만 십에 여덟은 두려워할 것이다. 즉, 적의 사기를 꺾어버리는 행동이란 뜻이다.

"힘 조절을……."

중얼거리던 무린이 고개를 들고 전방을 살폈다. 그의 시선에 말 위에서 무린을 보던 친위대 둘이 보였다.

끼리릭.

손에 있던 비천흑룡이 분리되어 각자 단창, 단봉의 모습으로 돌아갔다. 모두의 시선이 무린에 손에 들린 비천흑룡에게 향했을 때 사라졌다.

쉭.

퍼벅!

공간을 뚫는 정도가 아닌, 아예 접어서 날아간 것 같았다.

손이 휙 하는 걸 보긴 했는데 어느새 창은 날아 무린의 시선에 잡혔던 친위대 둘의 목과 심장에 틀어박혀 있었다.

억……!

너무 놀라 탄성도 흘러나오지 않았다.

눈을 끔뻑거리면서 이 상황이 대체 어떻게 된 건지 사고가 따라가려 했다. 쉭, 짧은 혀 차는 소리 같은 게 나더니 어느새 무린이 아직 숨이 끊어지지 않은 친위대 둘에게 다가가 양손으로 비천과 흑룡을 잡아 뽑았다.

푹.

푸확!

무린이 창을 뽑자 피가 솟구쳤다. 뿜어져 나온 피가 차가운 공기와 만나 증기를 만들어 냈고 어느새 무린의 모습은 다시 사라져 있었다.

"언제까지."

그러나 그 말은 그 자리에서 울렸다.

하지만 다시 다른 곳에서 끊어 치는 소리가 들렸다.

퍼벅!

"컥."

"크륵……."

그림자처럼 움직이며 무린은 창을 휘두르고 있었다. 단 한 번씩이다. 그 공격에 신음 소리가 두 번, 끊어진 숨도 두 개였다.

털썩.

툭!

바닥을 구르고, 처박히며 나는 소리도 두 개.

"멍하니 있을 작정이냐."

퍼벅.

다시 전혀 그곳과 관계가 없던 곳에서 무린의 목소리가 들렸다. 어느새 이동한 것이다. 빠르다. 이건 정말 너무 빠르다.

빨라도 너무 빨라 육안으로 확인이 안 된다.

무려… 일류의 무인의 눈에도!

절정에 들어선 이들이나 잡을 움직임.

그러나 그것도 쉭쉭 움직이는 잔상만 보고 있었다.

"이익! 모두 긴장해라!"

가장 먼저 정신을 차린 것은 친위대.

그러나 가장 먼저 정신을 차려서… 표적이 됐다. 원래는 아니었다. 그 곳에서 약 일 장 정도 떨어진 곳에 멈췄던 무린이다.

하지만 그 말에 반응해, 치려던 목표를 변경했다.

타다닷.

짧은 소리와 함께 무린의 몸이 다시 잔상처럼 사라졌다.

쉭.

그러다 이내 쭉 떠오르더니 단봉을 휘두르고, 그 친위대를 스쳐 지나갔다.

둔탁한 소리와 함께 관자놀이에 무린의 비천을 허용한 친위대원의 목이 낫처럼 꺾였다! 물론, 우드득! 하고 목뼈가 박살 나는 소리도 들렸다.

"정신 차려라. 비천대."

웅웅!

전의 말과는 다르게 그 말은 무린의 내력과 공명을 일으키며 너무나 선명했고 울림이 강했다.

그에 비천대의 정신이 즉각 돌아왔다.

무린의 등장, 신위에 가출해 있던 넋이 돌아온 것이다. 그걸 무린은 퍽! 퍼벅! 계속해서 적을 죽이면서도 빠르게 파악했다.

다시 한마디를 내뱉었다.

"죽여라. 한 놈도 남겨 놓지 말고."

네!

화르르……!

비천대의 대답은 그대로 사기의 상승을 불러일으켰다. 타오르듯이 일어난 불꽃이 되었다. 멈춰 있던 몸도 그 순간부터 격하게 움직이기 시작했다.

죽여! 대주의 명이다!

한 놈도 남겨 놓지 마라!

그리고 그런 비천대의 함성은 친위대의 넋도 되돌렸다. 하지만 지금에 와서는 이미 너무 늦었다.

차라리 도망쳤어야 했다.

무린이 있기 때문이다.

탈각.

무린의 무력은 이미 전과는 완전히 달랐다. 우차이? 소전신이 있다고 해도 어쩌면 가지고 놀았을지도 모를 정도였다.

예전, 광검이 우차이의 대부를 때려 박살낸 일이 있었다. 길림성에서 무린과 우차이의 생사결이 끝나고 나서였다.

우차이는 그때 너무나 쉽게 무기를 잃었다.

이유는 딱 하나다.

광검이… 지금 무린의 영역에 있기 때문이었다. 먼저 탈각한 광검에게 우차이는 상대가 아예 아니었다.

정상이었다 하더라도 말이다.

진정한 탈각의 힘이다.

퍽!

푹푹!

치고, 찌르고, 찌르고.

무린의 공격법은 예전에도 일체의 허례가 없었다. 불필요한 힘, 동작은 죄다 빼버리고 가장 최단 거리로 창을 찔러 넣어 숨을 끊었었다. 지금도 그렇다. 그냥 툭툭 치고 찌른다. 자세조차 잡지 않고서 말이다.

힘, 근육을 응축하는 과정 자체가 사라졌다.

그러니 사람이 마치 건성건성 움직이는 것 같았다. 하지만 그런데도 정확하게 한 번 손을 쓸 때마다 친위대 하나가 죽었다.

너무 간단하고 깔끔하게 죽이니 설명할 필요조차 없었다. 그냥 다가가서 휘두르고 찌른다. 그게 끝이다.

허리를 잘라내고 선두의 친위대는 육십 기 정도.

순식간에 무린의 손에 죽은 친위대의 숫자가 이십을 넘어갔다. 다시 이십에서 삼십으로 넘어가는 데는 일다경도 걸리지 않았다.

그리고 나머지는 비천대가 정리를 끝냈다. 사기는 바닥을 치다 못해 뚫고 들어갔고, 무린 때문에 눈을 여기저기 돌리니 정신이 집중될 리가 없었다. 그 틈을 노리고 들어온 비천대의 살의 넘치는 공격을 몇 번 막지도 못하고 그들은 숨이 끊어졌다.

그렇게 정리가…….

끝.

쉬웠다.

너무나.

"……."

움직임을 멈춘 무린이 주변을 둘러봤다.

붉은 혈무가 피고 있었다.

친위대의 몸에서 흘러나온 뜨거운 피가 차가운 공기, 대지와 만나 증발하면서 생기는 현상이었다.

그러니… 지옥도(地獄道)였다.

현세에 강림한 처참한 풍경이었다.

하지만 그럼에도 무린은 아무런 감흥이 없었다. 적의 죽음은 나, 그리고 아군의 생존을 확인할 수 있는 결정적인 증거였으니 말이다.

"대, 대주……."

"괜찮으십니까……?"

태산과 윤복이 다가와 무린을 보며 물었다.

무린은 고개를 끄덕였다.

반갑다.

며칠 전에도 봤던 이들이지만 마치 십수 년 만에 보는 것 같았다. 그래서 정말 보고 싶던 얼굴이었다.

하지만 지금은 해후를 풀 때가 아니었다.

정리가 먼저다.

주변을 둘러보고 난 무린이 말했다.

"대화는 나중에 하자. 몇 명 남겨서 여기 정리하고, 나머지는 마저 다른 전장을 정리하러 간다. 따라와."

"네! 대주!"

"네!"

둘은 무린의 말에 크게 대답했다.

둘의 대답을 듣고 무린은 가만히 자신을 보던 남궁유청을 봤다. 눈빛이 마주쳤고, 잠시 후 남궁유청의 입이 먼저 열렸다.

"자네… 혹시?"

"예. 그렇게 됐습니다. 대화는 나중에 하는 게 좋겠습니다. 검을 보태어 주십시오."

"허허, 그래야지. 암, 그래야지. 가세."

"감사합니다."

살짝 읍을 한 무린은 곧바로 신형을 돌렸다.

어느새 비천대는 모두 전마에 올라타 있었다. 그리고 몇몇은 곧바로 전장을 정리하고 있었다. 당연히… 다시 이곳에서 생을 마감한 비천대의 시신이 정리 대상이었다. 무린의 눈동자가 찌푸려졌다.

그러나 곧바로 다시 정상으로 돌아왔다.

바로 중심을 잡는 마음.

무력만이 아닌 정신력도 강해졌다.

"가자."

그 말과 함께 무린의 신형이 땅을 박차고 순식간에 앞으로 쏘아지기 시작했다.

네!

승천하는 사기.

사기는 하늘 높이 올라갔다가, 무린이 가장 먼저 목표로 정한… 친위대 중 · 후미와 비천대의 선두열의 난전이 벌어지고 있는 전장에 떨어졌다.

우르릉!

천둥번개가 치기 시작했다.

뇌성이 천지를 진동하고 하늘이 번쩍였다.

필시.

무제의 분노 탓이리라.

第百四十九章

명왕공(明王公)

명광공(明王公) 황보악(皇甫惡).

황보세가에서 배출한 걸출한 무인이다. 어려서부터 특출났던 황보악은 자질만큼이나 심성도 특이했다.

그는 대외적인 행동을 싫어했다. 열 살 때부터 시작된 그의 특이점은 세가 내에서도 유명했다. 그리고 당연히 골치를 썩게 만들었다. 자질만 보면 타고났기 때문에 특이점만 없었다면 황보세가를 대표하는 무인으로 성장할 가능성이 매우 컸기 때문이다. 하지만 황보악은 결코 대외적으로 모습을 드러내지 않았다.

강제로 끌고 나가려고 할 때면 아예 지랄발광을 떨었다. 그러다가 눈을 까뒤집고 혼절하기 일쑤였다.

그러다가 사단이 일어났다.

보다 못한 가주가 직접 그의 손을 잡고 이끌었는데 혼절하는 걸 넘어 심장이 정지한 것이다. 정말 말 그대로 정지했다. 축 늘어지는 혼절로 끝나지 않은 이 사태는 다행히도 그의 손을 잡아 이끌었던 심장을 멈추게 만든 장본인인 가주 때문에 회생으로 끝이 났다. 그가 급히 치료하지 않았다면 정말 황보악은 그날 죽었을 지도 몰랐다.

그 후로 황보악은 세가 내에서도 없는 사람 취급을 받기 시작했다. 특이한 걸 넘어 이상했기 때문이다.

아니, 대체 왜?

뭣 때문에 그러는 걸까?

방 안에 틀어박혀 단 한 발자국도 나가지 않는 황보악은 당연히 그 어떤 말도 하지 않았다. 의문은 의문으로 끝났다.

그렇게 황보악은 세가 내에서도 잊혀 졌고 종내에는 사라졌다.

아무도 모르게.

그 후 십 년하고도 수년의 세월을 건너 다시 모습을 드러낸 황보악은… 예전의 특이점을 모조리 날려 버렸다.

대외적인 행사에도 곧잘 모습을 드러냈다. 말도 잘했다.

날이 선 말투였지만 그가 말을 한다는 것 자체가 신기했다.

그 외에도 많이 변했다.

그리고 그중 가장 큰 변화는 그의 눈동자였다. 내력을 운용할 시 드러나는… 금안(金眼). 황금빛 눈동자는 경의(敬意)를 넘어 경외(敬畏)였다.

왜냐.

그 황금빛은 수미천왕신공(須彌天王神功)을 대성했을 시에나 나타나는 눈동자였기 때문이다. 그때 그의 나이가 이립(而立)도 전이었다.

겨우 나이 서른에 세가의 직계비전심공을 대성했다. 자질이 범상치 않음은 알고 있었지만, 이건 상상 이상이었다.

가주조차 황보악의 경지가 아니었기 때문이다.

상상초월.

그는 자신의 존재를 내비치고 딱 하나를 원했다. 자신이 이끌 무력 부대의 조직과 동생들이다.

황보악과 나이 터울이 별로 안 나는 산과 강, 그리고 연은 그때부터 악과 함께했다. 그들의 무공은 일취월장했고, 그 후 그들 사남매는 명왕사공으로 불렸다.

그렇게 자신을 드러낸 황보악.

하지만 황보악이 딱 동생들에게만 밝힌 절대적인 비밀이 하나 있다. 바로 자신이 다른 존재를 본다는 비밀이다.

혼령(魂靈).

즉, 귀신(鬼神)이다.

황보악은 혼령을 어려서부터 봤다.

그게 그가 방에 틀어박혀 나오지 않은 이유다.

보기만 했나?

혼령의 울음소리, 속삭임까지 들었다.

그 나이에.

자아가 만들어지는 그 시기부터 일그러진 혼령을 보고, 기괴한 울음을 듣고, 소름끼치는 속삭임을 들었다.

일반적인 꼬마 아이라면 미쳤을 것이다. 아니면 잡아 먹혔거나. 황보악이 버틸 수 있었던 이유는 그 이전부터 전수받은 수미천왕공과 남다른 오성 탓이었다. 그 둘 중 하나라도 없었다면 황보악도 미쳤을 것이다.

그럼 지금은?

지금은 보일까?

물론이다.

내달리는 황보악의 금안에는… 전부 보였다. 소요진에서 죽은 원귀들이 하나도 빠짐없이 보였다.

"죽었으면 승천할 것이지. 쯧쯧."

낮게 혀를 차며 달리는 황보악.

일그러지다 못해 기괴하다.

팔이 없는 것은 예사고, 목이 없는 놈도 쉽게 보인다. 뭉쳐 있는 악의 덩어리들. 바로 옆에서 달리던 강과 산, 그리고 연이 한숨을 쉬었다. 자신들의 눈에는 보이지도 않지만 악의 말은 믿었다.

"보인다."

한숨이 끝난 직후, 그들은 다시 정신을 다듬었다. 악의 말대로… 저 멀리서 치열한 교전을 펼치고 있는 일단의 무리가 보였다.

황보악이 향한 곳은 남궁세가 진형에서 우측 언덕 위다. 철검대와 창천대를 지원 온 것이다.

"밑에서부터 친다. 손속에 사정을 두지 마!"

"네!"

대답을 들은 직후 황보악이 폭발적인 가속을 시작했다.

황보세가 비전 천왕태보(天王太步)다.

그런 황보악을 따라 삼 남매가 뒤를 바짝 따라 붙었다. 쭉쭉 달려가는 명왕사공의 뒤로 명왕대도 바짝 따라 붙었다.

거리는 순식간에 좁혀졌다.

꽈직!

가속을 죽이지 않고 언덕 아래로 내려갔다가 다시 사선으로 비스듬히 달린 황보악의 거침없는 주먹질에 군별 무사 하나의 옆구리가 뻥 하고 뚫렸다.

수미천왕공의 내력으로 뻗어나간 천왕삼권(天王三拳)이다. 삼권의 초식에 환의 묘리는 전혀 없고 강(强)과 중(重)만 있다.

그래서 위력 하나는 가히 중원 제일을 따질 만했다.

우지직!

삼권은 전부 연결되어 있다.

부드럽게 휘어 들어간 두 번째 주먹이 이미 혼이 떠난 육체를 툭 쳐내고 그 뒤에서 이를 악물고 공격해 오는 군벌의 살육병 가슴에 박혔다.

푹!

심장을 뚫고 들어간 주먹.

치이이익.

금빛으로 물들어 있는 주먹이 안에서부터 피와 살을 태우기 시작했다. 물론 그 이전에 심장이 박살 났기 때문에 이미 죽어 있었기 때문에 고통은 느끼지 못했을 것이다.

머리를 잡아 주먹을 빼고, 거칠게 옆으로 던진 황보악이 다음 목표를 찾았다.

우측 삼 보 앞.

속삭임을 들은 황보악의 시선이 그쪽으로 돌아갔다. 그러자 정신 못 차리고 있는 살육병 하나가 눈에 띄었다.

"전장에서 한눈을 팔면 쓰나. 쯔쯔."

사삭.

천왕보(天王步)가 펼쳐지며 황보악의 신형이 난전의 안으로 파고들어갔다. 퍽! 경쾌하지만 끔찍한 소리.

뒤통수에 틀어박힌 그의 주먹이 그 살육병의 머리를 폭발하듯이 비산시켰다. 화탄을 머리에 심어놨다가 터트린 것 같았다.

피와 파편이 비산했고 그건 황보악에 대한 집중을 불러왔다.

좌 삼 보.

우 일 보.

도끼는 다리.

검은 머리.

"알아, 안다고."

피식 웃으며 중얼거린 황보악이 손바닥을 펼쳤다. 방어에 집중된 태산십팔반장(泰山十八盤掌)이다.

쩌정!

좌와 우에서 날아온 공격을 미연에 차단하고는 다시 주먹을 쥐었다. 다시 천왕삼권이다. 툭, 튕기듯이 좌로 일 보 들어가 주먹을 찔러 넣었다. 퍽! 다시 우로 이 보 이동. 퍼벅! 극쾌의 연격으로 다시 살육병 둘의 숨을 끊어버렸다.

그리고 뒤를 돌아봤다.

강과 산, 그리고 연을 필두로 명왕대가 넓게 포진해 살육병들을 압박하고 있었다. 잘하고 있었다.

자신의 도움으로 절정 초중반을 노니는 셋이지만 살육병

에겐 아마 악몽 같을 것이다. 하지만 그래도 살육병이 더 나은 부분도 있다.

바로 광기다.

이들은 애초에 미쳐서 군벌에 든 퇴역 병사들이다.

피.

내 자신의 피가 아닌, 타인의 피가 솟구치는 모습을 보고 싶어서 마도에 기꺼이 영혼을 판 이들이다.

그들의 광기는 그 자체로 힘이다.

하나면 별것 아니지만 뭉치면 거대해지고, 그 악의는 엄청난 사기(邪氣)가 되어 주변을 전염시킨다.

다만, 이들의 광기는 오늘 제대로 임자를 만났다.

황보세가의 내공심법은 단 두 개다.

직계비전 수미천왕신공(須彌天王神功)과 무인보급형 수미신공(須彌神功)이다. 수미천왕신공은 사마(邪魔)를 멸하는데 특화된 신공이다. 제마력을 품고 있다는 뜻이다. 수미신공도 마찬가지다.

당연히 제마력을 가지고 있다.

들끓던 사기가 기백의 명왕대가 내뿜는 내력에 짓눌리고 있었다. 사이함의 근간이 뒤틀리고 있으니 이건 곧 혼란으로 이어졌다.

"개 썅! 뭔데! 이 새끼들 뭐야!"

"내력이 흔들린다! 황보? 황보세가? 수미신공!"

"빌어먹을! 왜 이 새끼들이!"

일부 눈치가 빠른 이들은 황보세가의 명왕대를 알아보았고 자신들의 내력이 뒤흔들리는 이유를 알아차렸다.

그리고 깨달았다.

상성이 더럽게 엿 같다는 사실을.

"빠져! 위쪽으로 올라가!"

"이 새끼들 명왕대잖아! 왜 여기 있는데! 금방 도착 못 한다며!"

"닥치고 밀어붙여! 남궁세가부터 작살내야 돼!"

"시발, 그게 쉽냐고!"

쉬웠다면 벌써 했겠지.

그러나 남궁세가는 만만치 않다.

철벽의 검진을 구축한 남궁세가는 군벌과 살객, 그리고 구양가 무인 열댓의 공격을 굳건히 막아내고 있었다.

창궁무애검진(蒼穹無涯劍陣)이다.

남궁세가가 자랑하는 난전에 특화된 검진.

공수전환이 자연스럽다는 특징이 있는 이 창궁무애검진으로 남궁세가는 마도삼가의 합공을 빈틈없이 막아내고 있었다.

애초에 쉽지가 않았다.

사이한 기운이, 광기가 흩어지는 걸 황보악은 빠르게 파악했다. 입가에 회심의 미소가 깃들었고 즐거운 목소리로 외쳤다.

“수미진을 만들어 압박해! 내력이 흩어질 거다!”

충!

대답 직후, 기백의 명왕대가 내뿜는 내력이 언덕 아래부터 퍼지기 시작했다. 일렁거림이 보인다.

열사의 대지에 존재하는 신기루의 일렁거림. 뭉치고 뭉친 기백의 내력이 유형화되고 있는 것이다.

그것은 곧 압박이 되었다. 그리고 곧 압박은 사이한 기운을 잡아먹는 아귀가 되었다. 불문 정종의 기운처럼 빠르게 영역을 장악해 가자 당연히 군벌의 살육병들은 당황했다. 사이한 기운에 잡아먹힌다는 것은 그들의 내력 자체가 흩어진다는 것.

선택지가 도망밖에 없었다.

그럼 그들은 그걸 고를까?

“제길!”

“야, 이 새끼야!”

순식간에 살육병 몇몇이 무기를 바닥에 내던지고 몸을 돌렸다. 몸을 조금이라도 가볍게 하기 위한 행동.

그리고 즉각 발을 놀렸다.

도망치는 것이다.

적절한 선택이다.

이런 상황은 도망치는 게 가장 좋은 방법이다.

좌 삼 보.

"안 다니까?"

황보악은 적을 그냥 보내줄 마음은 조금도 없었다. 아주 조금도. 좌로 삼 보를 빠르게 이동한 황보악은 주먹을 뻗었다. 쉭쉭. 연타다. 쩡! 하고 첫 번째 일격이 도에 튕겨 나고 원을 그리며 들어간 반대쪽 주먹이 그대로 턱을 옆에서부터 후려쳤다.

꽈직!

"크르르……."

턱뼈가 완전히 박살 나는 소리가 들렸다.

스르륵.

실 끊어진 인형처럼 도망치려던 살육병이 정신을 잃고 바닥으로 쓰러졌다. 꽈드득! 얼굴에 바닥에 처박은 살육병의 목에 황보악이 우악스럽게 떨어졌다. 힘을 실은 짓밟음이 목뼈를 그대로 동강내 버렸다.

빡!

그대로 손등을 풍차처럼 휘두르자 그를 스쳐 가던 살육병의 목에 박혔다.

우드득!

"켁!"

역시, 이번에도 목뼈가 부러졌다. 그리고 그대로 한 바퀴를 돌아 떨어졌다. 철푸덕 소리와 함께 눈밭에 파묻혀서는 다시는 움직이지 않았다. 아, 움직이긴 했다. 지렁이처럼 꿈틀… 꿈틀. 그게 끝이었다.

하나가 빠지자 연쇄반응이 일어났다. 명령도 없이 하는 도주는 최초의 하나가 힘들지, 누구 하나가 도망가기 시작하면 너 나 할 것 없이 전부 등을 돌린다. 군중심리 때문이다. 그리고 지금 군벌이 그랬다.

애초에 이들은 병사 출신들.

도망치는 것에 부끄러움 따위는 전혀 없었다. 썰물처럼 빠지는 살육병들을 쫓기 시작한 명왕대.

황보악은 그런 그들의 선두에 있는 동생들에게 눈빛으로 명령을 보내고 언덕 위로 올라갔다. 언덕 위도 거의 정리되어 있었다.

남궁세가 무인들은 어느새 검진을 거두고 뒤쪽으로 물러나 도열해 있었다. 다만, 딱 두 군데만 정리가 되지 않았다.

철대검과 창천대검.

삼대검의 싸움이다.

황보악은 그걸 파악하고 내력을 풀어 은은하게 돌렸다. 긴장은 하되 내력은 아끼는 것이다. 쩡!

쩌정!

싸움은 격렬했다.

철대검과 구양가의 무인.

그리고 창천대검과 군벌의 살육병 둘.

가닥가닥 솟구치고 끊어지는 궤적들.

누가 봐도 절정의 무력을 보유한 자들의 전투였다. 황보악은 관망하기로 했다. 나서는 것은 좋지 않다는 것을 잘 아는 탓이다.

자신이 활동했던 음지였다면 즉각 나서서 목을 치는데 일조했을 것이다. 그곳은 그래도 되는 곳이었으니까.

하지만 지금은 양지다.

이런 싸움에는 명예가 걸려 있다.

도움 자체가 모욕이고 모독이다.

그의 두 눈에 머물던 황금빛이 사라졌다. 그리고 짙은 검은색의 심유한 본래의 눈동자가 나왔다.

관망이다.

누가 죽어도 이건 끝까지 지켜보는 게 예의다. 봐줄 의무가 있다. 못 봤으면 몰라도 이미 목격했으니까.

콰과광!

"읏차."

지면이 터지면서 날아든 돌 조각 하나가 얼굴로 날아들었다. 그걸 슬쩍 피한 황보악은 조금 더 뒤로 물러났다.

구양단악이 비산하는 흙 사이에서 튀어나왔다.

온다.

"음?"

그에 눈살이 확 찌푸려지는 황보악이었다. 그냥 우연히 자신 쪽으로 물러난 게 아닌, 그냥 자신에게 쏘아져 오고 있었기 때문이다.

누가 봐도 자신을 공격하기 위해서였다.

"이 새끼가… 내가 만만해 보였냐?"

짜증스럽게 중얼거린 황보악의 눈동자가 급격하게 변했다. 수미천왕신공의 내력이 돌면서 그의 눈동자가 금안으로 다시금 돌아갔다. 마를 멸하는 힘을 담고 그 찬란한 빛을 뿌렸다.

폭발의 반경을 빠져나온 구양가의 무인은 만신창이였다.

의복은 여기저기 찢어진 정도를 넘어 아예 넝마에 가까웠고 머리도 그을리고 꼬여 산발이었다.

미친놈이 따로 없었다.

딱 봐도… 정말 호되게 당한 모습.

그 모습에 곧바로 상황파악이 되는 황보악이었다.

"나를 인질로 잡겠다고……? 하, 이 새끼 이거……."

돌아도 단단히 돌았구나?

물론 실제는 퇴로가 황보악 쪽밖에 없어서였지만, 아무렴 어떠랴.

황보악의 두 주먹이 희미한 금빛을 머금었다. 수미천왕신공의 내력을 머금은 천왕삼권의 준비다.

스가앙……!

검은색 빛살이 쭉 펼쳐졌다. 구양가 무인의 쾌검이 목을 노리고 날아들었다. 빨랐다. 극쾌라고 불러도 될 정도.

경지로 따져도 최소에 최소로 잡아야 절정이다. 하지만 황보악은 아무렇지도 않아다. 이 정도의 쾌검.

그와 함께하는 인외의 존재들이 부여한 환상에서 많이 겪어 보았다. 아니, 이것보다 실질적으로는 더욱 빠른 쾌검도 상대해 봤다. 지금의 경지 이전에도 말이다.

그러니 쾌검은… 황보악에게는 상대하기 쉬운 검공이었다.

상극.

그중 황보악이 우위에 서 있었다.

후와악!

찬란한 금빛이 사방을 밝혔다.

시선의 가림.

쩡!

동시에 주먹이 검을 튕겨냈다.

"큭!"

궤적이 급격히 변하면서 구양가의 무인, 철대검과 맞붙었던 구양단악의 입에서 다급한 신음이 흘러나왔다.

쾌검수는 빠른 검을 구사한다.

상대가 피하는 것보다 이렇게 튕겨내면 정말 위험해진다. 제어하기가 힘든 것이다. 물론 그런 통제 능력도 상당한 경지이지만, 황보악의 주먹에는 해소하기 힘든 힘이 담겨 있었다.

구양단악은 급히 온 힘을 다해 튕겨 나가는 검을 회수하려 했지만, 이미 황보악의 주먹은 그의 명치 근처에 도달해 있었다.

퍽.

"컥……."

툭하고 밀어 쳤지만 그 안에 담긴 힘은 결코 쉽게 생각할 수 없었다. 그대로 붕 떠서 뒤로 날아가는 구양단악. 입에서는 피를 한사발이나 뿜어내고 있었다. 희멀건 조각이 피 분수 속에서 보였다.

내장 조각.

황보악이 만든 게 아니었다. 아마 철대검을 상대하면서 처참하게도 당한 모양이었다.

쿠당탕탕.

착지도 못하고 그대로 바닥을 구르는 구양단악.

"쯧쯧쯧."

그런 구양단악을 보면서 황보악은 혀를 찼다. 저도 모르게 나온 혀 차는 소리는 조용해진 장내에 울려 이목을 끌었다.

“이런, 고맙네. 쫓아가기 귀찮았는데 말이야. 하하하.”

가볍게 웃으면서 꿈틀거리는 구양단악의 뒤로 단단한 중년의 사내가 검 한 자루를 들고 스르륵 나타났다.

철대검, 남궁철성이었다.

가벼운 목소리.

그리고 단정한 옷차림.

둘이 붙었는데 남궁철성의 모습이 저렇다는 건 아예 가지고 놀았다는 뜻이다. 목소리에도 여유가 가득하다.

“어째 내 몫이 아닌 것 같아 말입니다. 선물이라 생각해 주십시오.”

“그런가? 눈치도 빠르군. 이놈은 내 몫이니 말이야. 하하. 그런데, 어디의 누구신가?”

“황보가의 악입니다. 명왕대를 맡고 있습니다.”

“호오.”

남궁철성의 눈이 반짝거렸다.

요 근래 들어온 정보였다.

황보세가의 악.

예전에는 신동 중에 신동이었으나 이상한 학질이 있어 자취를 감췄다가 십수 년이 지나 멀끔히 나타난 인물.

그 후 음지에서부터 활동.

정보에 민감한 남궁세가가 그걸 모를 리 없었다.

"그렇군. 좀 더 얘기를 나누고 싶으나… 상황이 좋지 못하니 정리부터 함세."

"그러시지요."

명왕공이라 이름 높지만 어차피 음지에서 떠오른 이름이라 양지에서는 잘 모른다. 그리고 배분은 물론 나이에서도 상당히 차이가 난다. 아버지뻘이다. 그러니 황보악은 가볍게 그 말에 따르겠다고 대답했다.

공손함도 잊지 않았다.

"잘 배웠어. 하하하."

황보악의 대답과 행동이 기꺼웠는지 그리 말하며 웃은 남궁철성이 시선을 아래로 내렸다.

"자, 그럼… 끝을 볼까?"

"크, 크흐흐흐……."

남궁철성의 말에 바닥에 쓰러져 푸들거리던 구양단악이 웃었다. 허탈한 웃음이었다. 자신이 이렇게 개처럼 구를 줄은 예상도 못한 웃음이다.

"쯧쯧."

"속였더냐……."

"속여? 무엇을?"

"네놈의 무위 말이다… 클럭!"

피를 토하는 구양단악.

남궁철성은 피식 웃었다.

속이긴 뭘 속이나.

보여줄 기회가 없었을 뿐이다.

"탈각을 이루어 놓고… 크윽……."

"반쪽짜리 탈각을 어디다 자랑하겠나?"

"반쪽……?"

"그래, 반쪽이다. 운이 없었는지 탈각 도중에 방해를 받아서 말이야. 도중에 깨어나고 말았지. 덕분에 육체의 재구성을 날려 버렸지. 내력의 일원화(一元化)도."

"크흐, 크흐흐흐……."

어쩐지.

구양가의 검마, 구양단악을 이렇게 일방적이고 무자비하게 털어버린 이유가 있었다.

무린이 이룬 완전한 탈각.

그 반을 남궁철성도 이뤄냈다는 소리였다.

절정의 벽을 부수긴 부쉈다는 소리다.

그리고 그 차이가 엄청났다.

"뭐, 숨긴 것도 없지 않아 있지. 신하가 주인보다 강해봐야 아랫것들에게 좋을 것도 없고."

"클럭! 크흐흐……."

진짜 이유였다.

슥.

남궁철성의 검이 움직였다.

서걱.

그리고 구양단악의 목에 가는 핏줄이 가더니 뚝 떨어졌다. 쉬. 검을 털어낼 필요도 없이 그냥 바로 납검을 하고 황보악을 바라보는 남궁철성. 그 순간 둘 사이로 푸른 무복의 사내가 떨어져 내렸다.

남궁유성이었다.

"끝났나?"

"끝났지. 자네도… 끝난 것 같군."

"그럼, 끝냈지."

뚝.

남궁유성의 손에 들린 수급이 하나 떨어졌다. 거대한 참마도를 휘두르던 군벌의 부장이었다.

"하난 안 보이네?"

"다리가 빠르더군."

"하하, 놓쳤다는 소리잖나."

"다리가 빨랐다고 말한 것 같은데."

"하하하."

두 사람의 대화는 가벼웠다.

마치 바람이라도 쐬러 나온 모습.

여전히 여유가 흘러넘쳤다.

물론 황보악도 마찬가지였다.

수없이 많은 음지의 전장을 전전했던 그인지라 긴장감은 없었다. 동생들? 명왕대? 이 상황에 피해를 입으면… 가서 지옥 수련이 기다릴 뿐이다. 그렇게 키웠다. 최선을 다해서.

"자네는?"

남궁유성이 다시 물어왔다.

다시 소개를 하려는 찰나, 남궁철성이 손으로 막고 대신 대답했다.

"황보세가의 명왕대주라더군. 왜 있잖나. 이십여 년 전 신동으로 이름 좀 날렸던."

"이십 년 전? 아아, 악이라고 불리던 친구? 요 근래 모습을 드러낸? 아, 몇 년 전에 본가의 도움도 받았지?"

"그래."

"호오……."

남궁유성이 황보악을 쓸어봤다.

사심이 없는 눈빛이라 황보악은 가만히 있었다. 아까도 말했듯이 아버지뻘의 선배다. 날이 서 있는 성격의 황보악이지만 이런 것에 욱할 정도는 아니었다.

"강하군. 비천객 정도는 하겠어."

그 말에 황보악은 피식 웃었다.

누구만큼 한다고?

아… 자신도 강해졌다.

예전 무린과 만남 이후로 훨씬 강해졌다. 죽을 고비도 수도 없이 넘겼고 지금은 벽을 바로 앞에 두고 있는 상황이다.

하지만 비천객은?

'아니, 비천객이란 별호는 이제 어울리지 않지.'

너무 강해졌다.

남궁무원, 전대의 검성이 말한 탈각. 그 완전한 탈각을 이룩하던 비천객의 모습을 황보악은 먼발치서 지켜봤다.

그리고… 놀랍게도 그는 비천객에게 경외감을 품었다. 깨어난 비천객. 멍하니 그를 바라보던 황보악은 알 수 있었다.

아무것도.

정말 아무것도… 그에게서 느낄 수 없다는 것을.

즉, 그의 경지가 어느 정도인지 발톱의 때만큼도 파악하지 못하게 된 것이다. 어이없게도 정말 조금도 그의 무력을 파악할 수가 없었다.

그건 곧 비천객과 황보악 본인의 경지의 간격이 측정도 안 될 정도로 벌어졌다는 뜻이다. 단지, 완전한 탈각 한 번에 말이다.

그를 측정하려면 적어도 그와 비슷한 경지로 가야 한다. 즉, 탈각을 해야 한다는 소리다. 요원하기만 하다. 벽을 본 이

후 그리 노력했지만 아직까지 조금의 실마리도 찾을 수 없었다. 그러니 정정해 줘야 한다.

"그와 저를 비교하는 건 불가능합니다."

"불가능하다고?"

"네."

"왜지? 내가 보기엔 비슷하다만……."

"비천객은… 아니, 비천무제는 탈각을 이뤘습니다."

"탈각……?"

"네. 전대의 검왕 어르신께서 그리 말하시더군요. 절정의 벽을 완전히 부수고 초인의 경지로 나아가는 것을."

"……."

남궁유성의 얼굴은 확 굳었고, 남궁철성의 얼굴에는 곧바로 놀람이 깃들었다. 그러다 남궁철성이 뭔가 알겠다는 듯이 고개를 주억거렸다.

"자네가 오기 전의 그 기파. 그게 무린이 녀석의 기파였나?"

"그럴 겁니다. 전대검왕 어르신은 나서시지 않았으니 말입니다."

"하, 하하하. 하하하하!"

황보악의 대답에 남궁철성이 대소를 터트렸다. 기꺼운 웃음이었다. 반대로 남궁유성은 고개를 절레절레 저었다.

그로서는 그럴 수밖에.

그러나 겁먹는 기색은 아니었다. 담담했다. 천하의 창천대검이 겁을 먹는 일은 세상이 두 쪽 나도 일어나지 않을 것이란 강호동도의 말이 사실인가보다.

"저쪽은 누가 갔나?"

"한천검이 금검대를 이끌고 갔습니다."

"한천검? 제갈명, 그 친구가 직접 왔나?"

"예. 문인 어르신께서 주력을 끌고 오셨습니다만 도중에 눈보라가 너무 심해 멈추셨습니다. 하지만 걱정이 되어 어르신께서 저희를 보냈습니다. 저희는 혹시 몰라 선발대를 이끌고 급히 달려왔습니다. 그런데 문인 어르신이 오시기도 전에 전투가 끝나겠습니다. 하하."

"그렇겠지. 제갈명, 그 친구도 오랜만에 보겠군. 이따가 다 같이 회포를 풀지."

"알겠습니다."

"자, 그럼 가세."

천하대협, 철대검 남궁철성이 먼저 몸을 날렸다. 그리고 그 뒤를 따라 철검대가 전부 몸을 날렸다. 남궁유성도 움직였다. 당연히 창천대도 같이 움직였고, 혼자 남은 황보악은 천천히 신형을 돌렸다.

그는 느낄 수 있었다.

이미 소요진의 요동치던 군기, 사기, 그 파괴적인 기운이 천천히 시들어가는 것을 말이다.

정리가 되어가고 있는 것이다.

언덕 밑을 보니 명왕대가 도열해 있었다. 그 앞에는 당연히 동생들이 있었고. 황보악은 그중 둘째인 산에게 물었다.

"군벌은?"

"소요진을 아예 벗어나려 하기에 그냥 내버려 뒀습니다."

"잘했다. 혹시 함정이라도 있으면 괜한 피해만 보는 거야. 마도의 척살이 목적이지만 그보다 중요한 건 목숨이다. 잊지 마라."

"네, 대주."

"가자… 으음."

저릿저릿!

가자고 하다 말고 걸음을 멈추는 황보악.

또 다시 기파가 느껴진다.

저 멀리서.

흑운의 환상을 담고서 피부가 따끔거릴 정도의 지독한 기파가 퍼지고 있었다. 숨이 턱 막힐 정도다. 황보악 정도의 무인이 말이다.

으윽……!

그는 이를 악물어 신음이 본능적으로 흘러나오는 것을 막았다. 그럼 지금 이 신음은? 황보악의 주변이다.

그리고 산발적으로 흘러나오기 시작했다.

명왕대.

그중 태반이 저 지독한 기파를 버티지 못하고 심과 신에 타격을 입고 있는 것이다. 이게 말이나 되나?

저게 사람의 몸에서 흘러나올 수 있는 기파인가?

전대검왕 남궁무원이 그러긴 했다.

제대로 탈각만 이루면 인외의 경지로 간다고. 구파가 그렇다고. 그래서 그들이 구름 위의 존재라 불린다고.

하지만 이건 좀 너무 하지 않나.

인외가 아니라, 그냥 이건 인간이 아니다.

황보악은 느꼈다.

기파.

그 속에 섞여 있는 지독한 살기를. 반드시 죽이겠다는 이 살기는 황보악이 잘 안다. 복수심. 필생의 대적을 마주했을 때, 그럴 때나 나오는 살기라는 것을.

"누가 그를 화나게 했나……."

비천무제.

대체 누가 그를 열 받게 했는지 궁금할 뿐이었다. 목숨이 서너 개라도 있나? 그를 열 받게 하는 일은 이제 자살과 다름 없다.

"뒤지려면 혼자 뒤질 것이지… 왜 애먼 사람까지 같이 잡게 만드느냐고."

비천무제에게 하는 말이 아니었다.

비천무제를 열 받게 한 죽고 싶어 환장한 미친놈에게 하는 말이었다. 정말 어느 미친놈인지, 황보악은 진심으로 그자의 얼굴을 보고 싶었다.

지독한 살심이 깃든 기파는 아직도 저릿저릿하게 소요진을 울리고 있었다. 가라앉을 기미는 보이지도 않았다.

에이.

황보옥은 그냥 그 자리에 철푸덕 앉아버렸다.

그의 감이 말하고 있었다.

저곳에… 가지 말라고.

자신의 감을 신뢰하는 황보악은 그 말을 그대로 받아들였다. 가는 순간 정말 재미없는 장면을 목도할 것 같았다.

자존심은 물론 자신의 무력에 대한 자부심까지 산산이 부서질 것 같았다. 보니까 좀 전 대화를 나눴던 철대검과 창천대검도 그 자리에 멈춰 서 있었다. 그 둘이 멈췄으니 철검대나 창천대는 말할 것도 없었다.

심지어 가슴을 부여잡고 무릎을 꿇은 이도 있었다. 저 비천무제와 가까우면 가까울수록 받는 타격은 더 클 것이다.

차라리 늦게 움직인 것이… 다행인 상황. 그렇다면 차라리 외부에서의 혹시 모를 증원을 차단하는 게 낫다.

화아아아아아!

기파는 화마처럼 계속 일어났다. 먹고, 먹어치우며, 그 세를 점점 불려 나갔다.

지릿지릿!

무복 속의 피부가 오돌토돌 일어났다.

본능, 심령 깊은 곳에서부터 부상한 원초적인 공포. 황보악의 피부가 일어난 이유였다. 도대체가… 말이나 되어야지.

하지만 사실이다.

정말… 엄연한 사실이다.

애석하게도, 여기에는 그 어떤 거짓도 없었다.

"하……."

한숨과 함께 황보악의 눈동자가 착 가라앉았다.

꾸욱.

이가 입술을 질끈 깨물었다.

저도 모르게 나온 본능적인 행동.

"그래, 지금까지 느꼈던 것은 그렇다 치자."

하지만… 다음엔 결코 이 자리에서 느끼지 않을 것이다. 반드시, 그의 곁에 서서 느껴보리라.

황보악.

명왕공이란 사내에게 확실한 목표가 생기는 순간이었다.

第百五十章

무제분노(武帝忿怒)

상상 이상이란 말.

그 말에 가장 잘 어울리는 모습이 지금 이곳, 소요진에서 펼쳐지고 있었다. 마치 살아 있는 것처럼 일렁거리는 분노.

이렇다 정의하기도 힘든 지독한 광기와 분노가 그대로 기파에 섞여 동심원을 일으키며 퍼져 나가고 있었다.

모든 전투가 일시에 멈췄다.

짜릿하다 못해 피부가 벗겨질 것 같은 기파.

뭐, 뭐야…….

큭, 크으으…….

지독한 기파에 멈춘 전투. 그리고 곧바로 소란이 일어났다. 너무나 적나라한 감정을 담은 기파가 도대체 어디를, 누구를 향하는 건지에 대한 의문, 그리고 대체 이런 무지막지한 기파를 뿜어내는 자가 누군가에 대한 의문.

그건 남궁가나 구양가. 군벌이나 살객 모두가 하는 의문이었다.

"으음……."

중천도 느끼고 있었다.

당연한 일이다. 그는 이곳 소요진에서도 손꼽히는 고수. 그만큼 기감이 민감하다. 그러니 남들보다 더욱 확실하게 느끼고 있었다.

이 지독한 기파를.

그리고 익숙하다는 것도 느꼈다.

"무린……."

아주 익숙한 기파.

엊그제에도 느꼈던 기파였다.

그런데 달랐다.

달라도 너무 달랐다.

"도대체 이건……."

무슨 일이 있었던 거냐?

점점 가까워지는 기파의 주인을 향해 중천은 고개를 돌렸다. 그리고 역시 예상대로였다. 저벅저벅 걸어오는 사내. 그리고 그 뒤를 멀찍이 따르는 일단의 기마대. 무린과 비천대였다. 무린을 중심으로 공간이 일렁거리고 있었다.

내리는 눈이 무린의 몸에 닿기도 전에… 아니, 아예 근처에 가기도 전에 녹아버리고 있었다. 기파 자체가 유형화되어 열기를 뿜고 있었다.

저벅저벅.

무린의 걸음은 기파 안에 담긴 감정과는 다르게 평온했다. 조급하지도 않았다. 그냥 평범한 걸음으로 다가오고 있었다.

"음……."

하지만 중천은 그 걸어오는 모습에서 신음을 흘렸다.

무린의 존재를 시야에 넣고 인식을 마치자마자 느껴지는 압박감이 장난이 아니었다. 안 그래도 저릿하게 느껴지던 무린의 기파가 배가 되었다.

단지 인식하는 것만으로.

무린은 급하지 않았다.

천천히, 그리고 여유로운 걸음으로 다가와 한쪽에 자리 잡았다. 그리고 양쪽을 한 번 살펴보더니, 중천의 반대쪽에 있는 무인들에게 시선을 고정시키고 입을 열었다.

"구양가인가?"

"누, 누구냐!"

"구양가냐고 물었다."

"이 새끼가……."

무린의 질문에 구양가의 가장 전면에 있던 중년 사내가 낮게 이를 갈았다. 그의 얼굴에 곧바로 살심이 깃들었다.

무린의 기파가 영향을 주지만 구양가의 무인들은 전부 절정을 넘었다. 압박은 받아도 군벌의 살육병이나 비인의 살객처럼 아예 무린의 기파에 잡아먹히지는 않았다.

"구양가 맞나?"

"……."

무린이 다시 묻자, 이번에는 대답 대신, 무린에게 몸을 날려 왔다. 나이는 대략… 서른 중후반.

그 나이에 절정을 넘어 구양가 내에서 살아남았다는 것 자체가 범상치 않은 자질과 실력을 가졌다는 것을 뜻했다.

불그스름한 머리카락.

열양공의 특징이다.

아니나 다를까 그의 손바닥에서 마치 불길 같은 기운이 치솟았다. 화르르 타오르는 붉은 기운을 담은 일격이 무린의 면전에 순식간에 도달했다.

쩡!

쩌적!

퍽.

순식간에 네 번에 이르는 소리가 들렸다.

검게 물든 날씨 덕분에 붉은 궤적은 너무나 선명했다. 그래서 튕겨 나가는 것 역시 더욱더 적나라했다.

세 번은 무린이 공격을 튕겨내는 소리, 마지막 하나는 그의 배를 가볍게 발로 툭 밀어 찬 소리였다.

바닥을 주르륵 미끄러져 날아갔던 구양가의 무인이 다시 벌떡 일어나 무린에게 달려들었다. 그의 얼굴은 악귀처럼 일그러져 있었다. 그 정도는 되는 무인이 모를 리가 없었다.

지금 배에 허락한 일격.

무린이 마음만 먹었으면 구멍이 뚫렸어도 이상치 않을 것이라는 사실을 말이다. 치욕인 것이다.

절정을 넘은 무인을 무린은 가지고 놀고 있는 것이다.

퍽.

무린에게 달려갔던 속도 그대로 다시 튕겨져 나오는 구양가의 무인. 이번에도 충격은 크지 않았는지 즉각 일어났다.

"이놈……! 무인을 모욕할 셈이냐!"

"모욕?"

그 말에 무린의 얼굴에 미미한 실금이 갔다. 누가 봐도 마음에 들지 않을 때나 나올 표정의 변화다.

무린의 입술이 천천히 열렸다.

"이곳은 전장이다."

"……."

그 모든 것을 함축한 말이다.

전장.

전장에 모욕이고 나발이고 그딴 게 어디 있나. 죽이면 장땡이고, 죽이고 죽여 끝끝내 살아남으면 장땡이다.

정정당당?

인격적인 대우?

강호의 법도?

개소리다.

"그런 걸 찾을 거였으면 나오질 말았어야지."

"이, 이 씹어먹을 새끼가……."

이글이글 불타기 시작했다. 무린의 말이 그의 마음속에 자리 잡은 자존심을 건드렸다. 아니, 건드린 정도가 아니라 송곳으로 푹푹 후벼 팠다.

으아아!

장렬한 기합이다.

절정을 넘은 무인답게 순식간에 무린의 근처로 이동하는 구양가의 무인. 권장공의 고수답게 보법은 일절이라 할 만했다. 순식간에 잔상을 만들면서 다가와 무린의 옆구리, 가슴에 이 연격, 얼굴에 삼 연격을 한 호흡에 퍼부었다.

가히 벼락에 비견될 만한 속도였고, 그 공격에 담겨 있는 내력도 장난 아니었다. 화끈한 열양공의 내력이 한가득 담겨 있으니 그럴 만도 했다.

그러나 그 정도다.

탁.

파스스스…….

"……."

그냥 손뼉 치는 소리, 그리고 불이 물에 꺼지는 소리와 함께 무린의 손아귀에 주먹이 그대로 잡혔다. 그는 어이가 없었는지 아니면 상황이 파악이 안 되는 건지, 멍한 표정이 되어 무린을 올려다봤다.

"놀랍나? 이것도 모욕적인가?"

"……."

입이 떡 벌어졌다.

퍽.

벌어진 입에 무린의 손바닥이 번개처럼 휘둘러졌다. 툭 치는 소리만 들렸지만 그 뒤로 우지직! 박살 나는 소리가 함께 했다.

"케엑! 케에엑……."

턱이 박살 났다. 상악, 하악골 할 것 없이 완전히 우그러졌다. 진짜 완전히 개박살을 냈다. 어쩌면 아예 가루도 안 남았을 수도 있었다.

뼈가 지탱하지 못하는 턱. 흐물거리는 살덩이들.

콰직!

덜덜 떨던 그의 머리에, 무린의 발이 직격으로 떨어졌다. 과육을 발로 밟아 터치는 것처럼 그냥 터져 버렸다.

절정의 무인을… 단 몇 수만에 저승으로 보내 버렸다.

"……."

"……."

그 말도 안 되는 무력에 침묵이 감돌았다.

눈으로 보고도 믿기지가 않았다.

왜 절정이라 불리나.

왜 인간을 벗어나기 직전의 무인이라 불리나.

대체 왜 마도일가라 불리나.

그 이유는 오직 하나.

강하기 때문이다.

정말 다른 설명 필요 없이 강하기 때문에… 오직 그 하나 때문에 절정이라, 인간을 벗어나기 직전이라, 마도일가라 불리는 것이다.

그런데 그런 무인을 단 몇 번 손을 섞고 죽여 버렸다. 그것도 마치 경지에 든 무인이 아무것도 모르는 어린아이 모가지 비트는 것처럼 너무나 쉽게 말이다.

그러니 지켜보던 자들의 입이 턱 벌어지는 것도 당연했다.

"미친……."

꿀꺽.

구양가의 무인 하나가, 좀 전에 무린이 죽였던 무인보다 좀 더 나이가 있어 보이는 무인 하나가 입에 욕설을 담았다. 저도 모르게 부지불식간에 튀어나온 욕이었다. 그는 안다. 무린에게 당한 무인이 그리 쉽게 죽을 인물이 아님을.

무려 구양가의 처절한 생존 싸움에서 지금까지 살아남은 무인이다. 서열은 칠십 대였지만 그래도 저리 쉽게 당할 무인이 아니었다.

"구양가냐고 묻는데 대답을 안 하는군."

그때 무린이 다시 툭 말을 던졌다.

침묵을 깼으니, 확인 작업을 다시 할 생각인 것이다. 굳이 왜 이럴까? 그건 명백한 목표를 설정하기 위해서였다.

어차피 알고는 있다.

하지만 확인 작업을 거쳐서 그들이 구양가라고 스스로 인정하는 순간… 지금 같은 행동은 결코 안 나올 것이다.

오직 죽음을 위한 공격이 시작될 것이다.

여유?

'버린다.'

필요 없다. 여유 따위…….

"그렇다. 우리가 구양가다."

"아……."

맞구나.

구양가.

무린의 입가에 아주 희미하지만 미소가 걸렸다. 알고는 있었지만, 그럴 거라 예상은 했지만 직접 확인하니 온몸에 끌어오르는 살심, 분노가 다시금 느껴졌다.

"암마왕이 누구냐."

그리고 무린의 직접적인 목표, 표적. 반드시 죽여야 할 자의 존재를 찾았다. 암마왕. 관평을 죽인 놈의 이름이다.

씹어 먹어도 시원찮을 개자식의 이름이다.

"그를… 왜 찾지?"

"대답이나 해. 암마왕이 누구지?"

화르르.

불길이 솟구쳤다.

무린의 몸에서 퍼져 나오던 살심 섞인 기파가 배가되었다. 숨이 턱턱 막힐 정도로 농밀한 살기였다.

"비천대. 포위해라."

네!

무린의 말에 즉각 비천대가 반응했다.

이를 악문 비천대는 즉각 구양가의 뒤로 돌아가 포위망을 형성했다. 그러자 한천검이 이끄는 금검대도 움직였다. 비천대와 연계한 것이다.

"중천검대도 포위망을 형성한다. 움직여!"

네!

중천의 외침에 중천검대도 움직였다.

군벌, 살객, 그리고 구양가. 전부 합쳐 삼백이 넘는 마도가의 무인이 순식간에 포위당했다. 그들은 얼마나 놀랐는지 포위망이 만들어지고 있는데도 움직일 수가 없었다. 무린 때문이었다.

움직이면 죽는다.

가장 먼저 움직이는 놈부터 죽이겠다.

무린은 그런 말을 하지 않았다. 하지만 그들은 전부 그렇게 느끼고 있었다. 움직이는 순간 비천무제의 무지막지한 무력의 표적이 될 것 같았다.

그래서 움직일 수 없었다.

어이없는 현상이다.

그러나 당연한 현상이기도 했다.

비천신기(飛天神氣).

무린이 따로 다시 이름붙인 공부.

하나가 된 삼륜공.

일원화를 완벽하게 이룬 삼륜공이 합쳐져 만들어진, 무린의 상중하단전 전체에 하나이자 셋으로 자리 잡은 비천신기는 무린을 신세계로 인도했다.

말 그대로 초인.

인간의 경지를 벗어나게 만들었다.

그래서 탈각이다.

인간의 허물을 벗어버린 무력이 무린에게 주어진 것이다. 그 옛날, 구전(口傳)으로 전해지던 경지에 무린이 도착함으로써 말이다.

그런 무린이 물었다.

"암마왕, 나와라. 내가 찾기 전에."

숨기지 않는 살심이 말속에 가득했다.

하늘에서 광소가 터졌다.

"크크, 크하하하하! 이거 아주 오만방자하구나!"

쩌렁!

쾅!

무린의 앞에 지면이 푹 파였다. 흙과 눈이 비산하면서 일순간 무린의 시야가 가려졌다. 휙. 그러나 무린이 한 번 비천흑룡을 가볍게 휘두르자 생겨난 풍압에 그대로 옆으로 쓸려갔다. 행동은 가벼웠지만 생겨난 현상은 가볍지 않은, 무린의 경지가 대체 어느 정도인지를 가늠할 수 있는 무력이다.

"애송이… 절정을 넘었다고 눈에 뵈는 게 없는가 보구나."

"그럼 눈에 보이는 게 있을 리 있나. 불구대천지 원수 앞에서."

"원수?"

"길림성."

"아아… 천리안의 작전 말이군."

"……."

역시 천리안의 작전이었고, 그 작전에 의해 관평이 죽었다. 사실 이기적인 생각이고 행동이다. 무린 본인은 물론 비천대도 수없이 많은 적을 죽였다. 그래놓고 아군이 죽었다고 비분강개하다니, 자기밖에 모르는 짧은 생각이다.

"하지만 전쟁 아니었나?"

"인간은 이기적이지."

"큭! 크하핫! 그렇지, 인간은 이기심의 정점에 선 동물이지. 크흐흐!"

동의한다.

어차피 인간이 다 그렇다.

내 사람은 당연히 소중한 법이다.

누구나 그럴 것이다. 무린만 그런 것도 아니었다.

"암마왕을 내놔라."

"크하핫! 싫다면?"

"여기서 다 죽어야겠지."

"뭐? 푸핫! 푸하하하!"

무린의 눈앞에 무인이 파안대소를 터트렸다. 무린의 말이 정말 재미있다는 듯이. 배를 잡고 웃었다.

하지만 무린은 웃지 않았다.

진심이기 때문이고 그럴 자신도 있었기 때문이다. 저 말에 웃는 건… 저자의 마지막 웃음이 될 것이다.

'강해.'

상대를 파악해 본다.

분명 강하다.

그냥 딱 봐도 최소 우차이와 동급, 혹은 더 강해 보였다. 나이는 지극하다. 얼굴에 있는 주름이나 미염공(美髥公)처럼 기른 수염만 봐도 그랬다. 적어도 이순(耳順)은 지났을 것이다. 반백 년이 넘는 세월 동안 구양가 안에서 살아남았다는 것 자체가 이 노인의 고강함을 설명해 주었다. 하지만, 하지만 말이다…….

'오십?'

손속을 교환하면 딱 그 정도에서 승부가 날 것 같았다. 감이었다. 하지만 탈각 후 이런 감은 예전보다 한층 예리하고 정확해졌다. 그냥 감이 아니라는 소리다.

'질질 끌지 말자.'

어차피…….

"죽이다보면… 나올 터."

스읏.

그 말과 함께 무린의 발이 한 발자국 앞으로 나왔다. 대응은 즉각 나왔다. 구양가의 노인도 앞으로 나온 것이다.

"구양경이다. 마창이라 불리지."

"……."

마창(魔槍)이라.

창은 안 보인다만?

노인이 손을 뒤로 돌렸다가 다시 뺐다. 단창 두 자루. 기병(奇兵)이다. 무린의 비천흑룡과 비슷한 종류의.

합체하지 않고 그냥 단창으로 상대할 생각인지, 그대로 양손에 창을 쥐고 달려들었다. 쩌정! 순식간에 두 합이 지나갔다.

잔상이 달달 떨렸다.

그러면서 교묘하게 궤적이 변해서 들어왔다. 목으로 들어오던 공격이 갑자기 가슴으로 낙하하고 옆구리로 들어오던 공격이 솟구쳐 목젖을 노렸다. 물론 무린의 눈엔 그 궤적의 변화가 선명히 보였다.

은은히 물들어 있는 우윳빛 눈동자. 비천신기의 내력이다. 그 비천신기의 정순한 내력이 무린에게 거대한 힘을 선사한다.

그그극… 쩌적!

파삭!

목젖으로 올라오던 단창의 날을 그대로 비천으로 후려쳐 깨트렸다. 잠시 버티는가 싶더니 급히 뒤로 물러나는 구양경.

그에게 마창이란 별호를 선사했고 유지하게 만들었던 단창이 깨지자 저절로 나오는 신음. 더불어 무린의 내력의 깊이에 놀랐다.

당연히 놀랄 수밖에 없을 것이다.

비천신기는 삼륜의 합체로 새로운 영역에서 창조된 신기다. 당연히 삼륜공의 특성을 그대로 가지고 갔다.

삼륜공의 특성은 회전이다.

마차 륜의 특성을 가진 회전으로 긁어 뚫어버린다. 그걸 모르면서 무기를 맞닿게 한 게 실수인 것이다.

"음……."

나오는 신음에는 놀람과 당혹이 그대로 담겨 있었다.

쉭.

그그극! 쾅!

"큭!"

무린의 흑룡이 가볍게 찔러 들어갔고, 급히 흑룡을 막은 구양경은 좀 전과 같이 기음이 들리자 급히 내력을 쏟아 부어 튕겨냈다.

하지만 신형이 무린의 내력에 밀려 튕겨 나가는 것까지는 막지 못했다. 화탄이라도 터졌나? 절정의 무인이 신형을 제어조차 못하고 바닥을 굴렀다.

경악할 만한 광경이었다.

퍽!

"커윽……."

일어나는 그의 얼굴에 어느새 다가선 무린의 발이 꽂혔다. 발등에 힘을 제대로 실어 걷어찼다.

다시금 구양경이 쭉 날아가 볼썽사납게 바닥을 굴렀다. 그러다 급히 몸의 신형을 멈추고 쭉 뺐다. 푹! 빼자마자 무린의 흑룡이 구양경이 좀 전까지 있던 자리에 박혔다. 폭. 그러나 다시 흑룡을 바로 뽑아든 무린의 신형이 그림자처럼 사라졌다. 무풍형. 아예 새로운 경지에 든 무풍형은 무린의 신형을 흐릿하게 만들었다. 잔상이 그림자처럼 생겨났고 어느새 무린의 신형은 구양경의 정면에 도착해 있었다.

쉭.

구양경의 면전에 무린의 얼굴이 확 나타났다. 초근거리. 한 뼘 길이에 있는 무린의 얼굴에 구양경이 대경했다.

그의 시선에서는 이제야 움직인다 싶었는데 어느새 면전에 있으니 그럴 수밖에 없었다. 주변에 지켜보는 자들과 구양경이 무린의 속도를 느끼는 체감은 수준이 달랐다.

"크윽!"

놀란 신음과 함께 급히 멀쩡한 단창으로 무린의 옆구리를 찔렀다. 절정의 무인이니 아무리 창졸지간에 지른 공격이라도 그 속도는 가히 빛살과 같다. 눈 깜짝 사이보다 더 빠르게 검은 기류에 휩싸인 창날의 무린의 옆구리에 틀어박혔다.

쩡!

그그그극!

텅!

피부에도 못 닿고 구양경의 창은 튕겨 나갔다.

"흡!"

놀란 구양경이 급히 다시 뒤로 물러났다. 그리고 무린과 자신의 창을 번갈아 바라봤다. 말도 안 되는… 일이었다. 적어도 구양경에게는 말이다.

"호신… 강기?"

그르고 전설상의 경지를 입에 담았다.

내력으로 몸을 보호하는, 전설 속의 무인이 보였다던 경지. 도검은 물론 검기도 가볍게 막는 내력이 마르지 않는 한 무적이라 칭해지는 보호막. 그게 아니면 맨몸으로 검기에 둘러싸인, 그것도 절정무인의 내력이 담긴 공격을 막을 수 없다. 하지만 무린의 방어는 호신강기가 아니었다.

삼륜, 그중 일륜이다.

말했듯이 진화를 넘어 거의 새롭게 창조된 비천신기는 삼륜공의 특성을 전부 가지고 있다. 무린은 그중 일륜공으로 좀 전의 공격을 막은 것이다.

절대적인 방어.

사실 실험이었다.

그리고 아주 흡족한 결과가 나왔다.

"좋군."

고개를 끄덕이며 중얼거린 무린의 말에, 구양경의 얼굴이 일그러졌다. 그도 눈치챈 것이다. 좀 전 공격은 무린이 일부러 허용했다는 것을. 자존심에 실금이 간 정도가 아니라 완전히 쩍! 하고 장작 쪼개지듯이 깨졌다.

심장이 두근거리다 못해 폭발할 정도로 몰렸는지 얼굴이 새빨갛게 변했을 정도였다.

"이, 이놈……!"

슈아악!

구양경이 날이 깨진 단창을 무린에게 던졌다. 바람을 가르고 위협적으로 날아오는 단창을 무린은…….

덥석.

슈악.

그대로 잡아서, 돌려서, 되던졌다.

"크!"

구양경이 던진 것보다 더 빨리 돌아간 단창이 그의 볼에 붉은 실선을 만들었다. 피하지도 못한 것이다.

차이가 너무 난다.

그야말로… 압도적인 차이다.

절정의 무인과 그 벽을 넘어 완벽한 탈각을 이룬 무인. 그 차이는 일류와 절정보다 훨씬 심각하게 났다.

말 그대로 초인(超人).

경지가 다르다.

급(級)이 아예 달랐다.

"허……."

허탈한 신음이 구양경의 입가에서 흘러나왔다.

이제야 제대로 느끼고 있었다. 자신과 무린 사이에는 메울 수 없는 간격이 있음을. 결코 넘어설 수 없는, 노력이란 것으로는 절대 불가능한 거리가 있음을.

인정하고 말았다.

축 늘어진 단창.

"포기인가?"

"……."

뭐를 해도 안 통한다는 정도가 아니었다. 구양경은 경지가 높은 만큼 그 감각을 너무나 제대로 느꼈다. 그는 이런 경험을 현 구양가주에게서도 느끼지 못했다. 아, 한 명 있다. 전대 가주. 지금은 뒤로 물러나 세가 내 구룡정에서 소일거리를 하는 전대 가주를 빼고는 이런 무기력감을 느껴보지 못했다.

하지만… 전대가주의 나이는 망백(望百)을 바라보고 있었다. 눈앞의 무린과는 나이부터 차이가 났다.

무린은 아직 불혹도 안 됐다.

얼굴만 봐도 강인한 사내상이지, 노인상이 아니었다.

허탈함과 포기에 이르게 하는 감정이 구양경의 가슴속에 스며든 것도 그런 이유에서였다. 저 나이에 이뤘다고는 믿을 수 없는 경지였기 때문이다.

"……."

"……."

무린은 가만히 바라봤고 구양경은 그런 무린의 눈빛을 담담히 받았다. 그리고 무린은 파악했다.

추하게 죽고 싶지 않은 구양경의 마음을.

푹.

무린의 신형이 사라졌다, 구양경의 앞에 다시 나타났을 때는 이미 무린의 흑룡이 구양경의 심장에 박혀 있었다. 극성의 무풍형. 삼륜의 내력이 아닌 비천신기의 내력으로 발동한 극성의 무풍형은 정말 바람조차 일지 않았다. 형체조차 사라지게 만들었다.

"봤나?"

"……."

구양경은 고개를 흔들었다.

못 봤다는 뜻.

구양경이 꺼져가는 눈빛으로 입을 열었다.

“그… 경지는… 뭐라 이름… 붙였나……?”

못 해줄 대답은 아니었다.

“탈각.”

푹.

무린이 창을 뽑자 그의 눈동자에서 빛이 사라졌다. 완연히 꺼져 가는 생명의 불씨. 서걱. 흑룡이 구양경의 목을 끊어버렸다.

그리고 곧바로 그를 스쳐 지나가 마도가 모여 있는 곳으로 발걸음을 옮겼다. 무린이 몇 걸음을 걷고 나서야 구양경의 목이 떨어지고, 핏줄기가 뿜어져 나왔다. 모든 이의 시선이 구양경과 무린을 왔다 갔다 했다.

“암마왕. 나와라.”

무린의 목소리가 다시금 소요진에 울렸다. 그 말은 사신의 초대였다. 나가는 순간 망부의 방명록에 이름 석 자를 적어야 할 것이다.

그러니 나오질 않았다.

아니면, 이곳에 없던가.

“나오라고 했다. 내가 찾는다면… 죽어서도 죽지 못하게 해주겠다."

진득한 살심이 다시금 무린의 말에 깃들었다. 기파와 섞여 울리는 그 말에는 아주 조금의 자비도 없었다.

압박이 엄청나다.

우뚝.

무린의 신형이 멈춰 섰다.

가만히 마도를 노려보던 무린이 비천과 흑룡을 연결했다. 그그극! 소리와 함께 장창으로 변한 비천흑룡이 시린 살기를 뿜어내기 시작했다. 왜 그러는지 안 봐도 뻔했다. 전투 준비다. 무린은 원래 단창을 다룰 줄은 알지만 능숙하지는 않았다. 무린은 창을 쓴다. 특색도 없는 길쭉한 날을 가진 장창을.

비천흑룡이 그런 모습이다.

그러니 이건 곧 제대로 하겠다는 뜻이기도 했다. 동시에 무린의 입이 열리면서 나직하지만 모두가 들을 수 있는 울림이 명확한 명령을 내렸다.

"비천대. 다 죽여라."

쉭.

그 말과 동시에 무린의 신형이 밀집해 있는 마도인들에게 쇄도해 들어갔다. 바람처럼 쭉 내달린 무린은 창을 가볍게 찔러 넣었다.

좌라라락!

그러나 찌르는 순간 손바닥 안에서부터 튕겨 회전을 만들어냈다. 전사력의 가미다.

푸가각!

하나를 찌르고, 그걸로도 모자라 더욱 아예 깊게 관통해 뒤에 있던 군벌의 살육병까지 같이 꿰뚫었다.

피하고 막고 할 여유조차 없었다.

너무 빨랐기 때문이다.

그리고 사실 피하지도, 막지도 못할 찌르기였다. 절정의 무력을 가졌던 구양경도 못 막은 공격이다.

그걸 군벌의 살육병 따위가 막을 수 있을 리 만무했다. 그것도 그들이 뿜어내는 광기보다 더 지독한 살기 섞인 기파를 사방에 뿌리면서 찔러온 무린의 공격을 말이다.

그들이 승냥이라면, 무린은 최상위 포식자다.

그것도 승천하는 비룡이다.

이미 그들에게는 신, 그중에서 사신 같은 존재인 것이다.

콰가가각!

창을 뽑고 사선으로 내리긋자 우윳빛의 실 같은 창기가 쭉 뿜어져 나가면서 사람, 대지 할 것 없이 죄다 찢어버렸다.

서걱!

퍽!

긋고 난 후 결과는 보지도 않고 곧바로 몸을 회전하며 창을 고정시켰다. 고정된 창이 원심력에 따라 돌면서 창날은 살을 가르고 창대는 뼈를 부쉈다. 우수수. 마치 추수 때 털어내는 곡식 알갱이 같이, 무린의 창은 거침없이 돌고, 회전하고, 찌르면서 자신이 서 있는 영역을 초토화시켰다.

호아압!

기합성과 함께 무린의 뒤에서부터 끈적한 살기가 몰려왔다. 날카롭게 벼려진 기감이 살기 속에 섞인 태산 같은 힘도 파악했다.

즉각 뒤로 돌며 손바닥을 펴 휘둘렀다.

쾅!

거력, 그리고 무린윈 날카로운 내력이 서로 맞부딪쳤다가 이내 터졌다. 무린의 내력이 거력의 속을 파고들어 중심부터 깨트리니 기습해 온 무인도 가만히 있다가는 주먹을 뚫릴 것을 감지하고 내력 자체를 터트려 버린 것이다.

상황 판단이 좋았다.

뒤돈 무린의 시야에 제종, 장팔만큼이나 단단한 사내가 보였다. 나이는 대략 오십 대 전후. 물론 외형만으로 내린 판단이다. 하지만 좀 더 많을 수도 있겠다 싶었다. 깊이 있는 눈동자 때문이었다.

경험과 연륜이 합쳐져야 나오는 눈동자.

남궁유청의 눈동자가 저랬다.

"구양종이다."

"진무린이오."

통성명이라면 받아준다.

물론 그런다고 자비를 배풀 생각은 결코 없었다.

쉭.

무린의 신형이 곧바로 움직였다.

푹! 푸부북!

무린이 서 있던 자리로 암기 몇 개가 꽂혔다. 이미 파악하고 있던 암기였다. 암기를 쏜 살객의 손에서 떠난 그 순간에 즉각.

광대하게 퍼지는 기감이 세세한 정보를 물어다 주고 있었다. 예전처럼 본능으로 싸울 때와는 완전히 달랐다.

정보가 들어오면 계산, 결과를 도출해 낸 다음 다시 최적, 최선의 방향으로 즉각 행동한다. 예전에도 사실 가능한 일이었다.

본능으로.

극한으로 단련된 예민한 감과 몸에 남아 있던 본능적인 감각으로 그 같은 행동을 했었지만 지금은 그와는 또 달랐다.

확실하게 모든 것을 파악하고 계산하고 움직인다. 본능까지 나올 필요도 없이 말이다. 자신을 노리는 그 모든 것이 파악되는 상황이 무린은… 묘했다.

'미리 답을 받고 베껴 쓰는 기분이군.'

쾅!

콰광!

폭음이 터지고. 무린은 위치를 변경한다.

푹!

푸부부부북!

무린이 있던 곳에 암기가 틀어박혔다. 피한 곳으로 구양종의 주먹이 날아든다. 동시에 상중하단전에 전부 자리잡은 비천신기가 무린의 의지에 따라 일어나며 서로 연결되고, 공명했다. 주먹의 궤적은 물론 굳은살까지 보이는 느낌. 세계가 느리게 움직이는 느낌. 비천신기를 일정 영역 이상 돌리기 시작하면 보이는 현상들.

이 또한 묘한 신비로움이다.

구양경의 투창을 잡아 되던진 것도 이런 비천신기의 묘용 때문이었다. 구양종의 주먹이 무린의 옆구리로 틀어져왔다.

명확한 궤적. 순간적인 변화까지 무린의 눈에 샅샅이 잡혔다. 그러나 무린은 당황하지 않았다. 오히려 들어오는 주먹을 손바닥 안으로 감싸고 휙 옆으로 밀어냈다. 부드럽게 그 짧은 순간에 보고 행한 결실은… 구양종에게는 치명적이었다.

퍼벅!

반대로 자신의 옆구리가 노출됐고 주먹을 밀어버린 무린

의 손바닥이 그대로 연타로 들어가면서 구양종의 몸을 붕 띄워 날렸다.

만약 무린이 여기에 내가중수법을 가미했다면 구양종의 옆구리는 아예 구멍이 휑하니 뚫렸을 것이다.

여유가 없어서?

설마.

무린이 그러지 않은 것은… 구양종에게는 치욕적이겠지만 몸을 더 쓰고 싶었기 때문이다.

자신에 대한 파악.

어디까지 가능한가, 그걸 알고 싶었기 때문이다.

실험의 장이다.

물론 무린의 살기는 죽지 않았다. 그가 도망치지 않는 이상 죽음은 피하기 힘들 것이다. 이 부분도 변한 부분 중에 하나다.

예전의 무린이었다면… 광기에 미쳐 날뛰었을 것이다. 오직 죽이는 것에 중점을 뒀을 것이다.

찌르고, 베고, 부수고.

복수를 위해, 그 하나에 중점을 뒀을 것이다. 하지만 지금은? 사고의 영역도 넓어졌는지 복수와 자신의 변한 무력에 대한 측정까지 동시에 하고 있었다.

이 또한 무섭다.

어쩌면… 오히려 무력보다 이 부분이 더욱 무서울 수도 있을 것이다. 어느 상황에서건 냉정을 유지할 수 있다는 뜻이니까.

그리고 이 부분을 구양종도 눈치챘다.

구양경의 전투를 보며 파악한 부분도 있고, 직접 무린과 맞부딪치며 그가 봐주고 있다는 느낌도 같이 받고 있었다. 그러니 상한 자존심 때문에 절로 신음이 흘러나왔다.

"으음……."

얼굴이 찌푸려지는 것도 막지 못했다.

그러나 무린은 아랑곳하지 않았다.

기감에 잡히는 암기, 다시금 무린을 노리고 다각도에서 쏘아져 왔다. 확실하게 잡히는 살기. 심지어 어디를 노리는지도 예측이 된다.

땅!

따다다당!

무린의 몸이 회전하며 암기를 맨손으로 죄다 받았다. 비천신기의 내력으로 보호받는 손이라 쇠끼리의 충돌하는 소리가 났다. 마지막 소리가 나고 나서 무린의 몸이 처음보다 더 빠르게 회전했다.

슈슈슈숙!

총 네 개가 주인에게 되돌아갔다. 푹푹거리는 소리가 네 번

들렸다. 신음은 없었지만 무린은 자신이 돌려보낸 암기가 원주인의 몸에 꽂히는 소리를 정확히 들었다. 모두 급소를 노렸으니 분명 이승과 작별했을 것이다.

쉭!

마지막 하나는 구양종에게 쐈다.

빛살처럼 날아간 암기가 구양종의 미간을 노렸다. 하지만 역시 구양종도 절정의 무인. 상상 이상의 속도로 뻗어나간 암기를 구양종은 고개를 급히 옆으로 틀어 피했다. 쉭! 하지만 귓불이 살짝 갈렸다.

완전히 못 피한 것이다.

핏물이 팍 튀었을 때 무린의 신형은 어느새 내달리고 있었다.

콰득!

창대로 위에서 아래로 내려친 일격이 구양종의 어깨에 그대로 박혔고 그의 어깨를 완전히 박살냈다.

끔찍한 소리가 저리 적나라했으니 아마 뼈가 산산조각 났을 것이다. 크윽! 하고 이를 악물고 참은 구양종은 어깨를 부여잡고 뒤로 빠르게 물러났다.

빠악!

그러나 그대로 따라붙은 무린이 창끝으로 그대로 무릎을 내려찍었다. 우드득! 박살 나고 꺾인 무릎이 기형적으로 접히며 구양종의 중심을 흐트러트렸다. 아니, 흐트러진 정도가 아니라 아예 크게 몸 전체가 휘청거렸다.

푹!

그런 구양종의 휘청거리는 신체에 아래서부터 창날이 틀어박혔다. 부위는 목. 어느새 역수로 잡고 그대로 아래서 위로 휙 쳐올려 목을 뚫어버린 것이다.

푹.

즉각 창이 빠져나왔다.

"좋아."

어느 정도 파악은 끝났다.

그럼…….

시작할 때다.

무린이 창을 분리했다. 그그극! 소리를 내며 비천흑룡이 비천과 흑룡으로 나뉘어져 무린의 양손에 잡혔다.

다시 신형을 뒤로 돌리면서 창을 번갈아 휘둘렀다.

땅!

따당!

날아들던 암기가 튕겨져 나갔다.

암습에 대한 방어. 전부 느껴지고 궤적까지 기감 속에서 적나라하게 그려지며 오니 어린애의 돌팔매질 같았다.

살객의… 암습이 말이다.

획.

하늘로 솟구쳤던 암기가 떨어지며 무린의 손에 거두어졌다. 끝이 날카로운 못이다. 무린이 손에 쥐고 전방을 훑어보자 움찔이는 자들이 보였다. 볼 것도 없다. 암기를 날린 살객이다. 군벌의 복장을 한 살객이 빠르게 사라져갔다. 쉭! 곧바로 무린의 손이 휘둘러졌다. 손에 쥐어져 있던 못은 사라졌고, 뒷걸음질 치던 살유벽의 이마를 뚫고 지나가 도망치던 살객의 등부터 뚫고 들어가 심장까지 뚫고는 앞가슴으로 빠져나가고 나서야 힘을 잃고 바닥에 떨어졌다.

관통의 특성을 가진 삼륜공, 그 삼륜공을 바탕으로 재창조된 비천신기의 내력은 살상의 극을 보여줬다.

으으…….

으아! 시발 저런 괴물을 어떻게 상대해!

썅! 비켜!

무린의 전면에 있던 군벌의 살육병들이 무린의 무위에 질리다 못해 공포에 잠식됐다. 막아? 무슨 수로. 절정의 무인도 애처럼 가지고 노는 무린을 무슨 수로 막나. 대체 누가 막나? 구양가의 무인이 왕창 달려 붙어도 막을 수 있을까? 근데 그것도 불가능하다. 왜? 삼면에서 압박하는 비천대, 금검대, 그리고 남궁세가의 중천검대 때문이었다.

이미 무린 때문에 기세가 탈 때로 탄 삼 대의 무력에 군벌이고 구양세가고 계속해서 안쪽으로 밀리고 있었다.

압박이다.

이렇게 밀려서 포위망 안에 밀집되면… 당연히 남는 건 궤멸이다. 움직일 공간도 없는데 무기는 대체 어떻게 막을까? 그럼 피하면? 뒤에 있는 자가 죽는다. 그럼 피하고 반격은? 그 정도에 당할 정도로 연수합격이 안 되는 삼 대가 아니었다.

죽여!

썅! 열어! 도망가야 된다고!

아비규환의 소요진이다.

삼면으로 안 되니 이를 악문 살육병들이 반대로 무린 쪽으로 달려왔다. 운 좋으면 앞의 몇 명이 죽을 때 무린을 피해 도망갈 수 있을 거라 생각한 것이다. 그러나 그건 그리 좋은 판단은 아니었다.

바람처럼 달려오는 일단의 무리.

완전히 나는 듯이 다가온 그들이 삼면의 마지막 면, 그나마 뻥 뚫려 있던 무린의 앞을 막기 시작했다.

철검대와 창천대였다.

사면이 완전히 막혔다.

완벽한… 정말 완벽한 포위망의 완성. 천천히 압박해서 점점 마도삼가의 무인들을 밀집시키기 시작했다.

압살(壓殺)이다.

짓눌러 죽이는 방법.

전장에서 가장 확실하게 적을 죽일 수 있는 상황이 만들어졌다. 이제 무린이 나서지 않아도 저들에게 미래는 없다.

하지만 무린은 미래가 없는 걸로 만족하지 않았다. 완전한 절망. 지독한 공포가 함께하는 절망이 함께하길 바랐다.

탓. 타다다닷.

무린의 신형이 쭉쭉 뻗어나가더니 이내 다시 하늘 높이 비상했다. 그리고… 밀집된 마도인의 중앙에 거대한 폭음을 일으키며 떨어져 내렸다. 참으로 무식한 행동. 그러나 안에서부터 시작된 파괴의 살풍은 마도의 궤멸을 고속화시켰다.

빠르게, 더 빠르게.

반 시진.

궤멸까지 걸린 시각이었다.

그리고… 암마왕은 없었다.

第百五十一章

비천신기(飛天神氣)

"구양가의 마인은 상당수 빠져나갔습니다."

"그런가. 역시 마도일가라 이거지."

장팔의 보고에 무린은 고개를 끄덕였다. 그럴 거라 생각했다. 사실 이미 마도삼가를 포위망 안에 가뒀을 때, 구양세가의 무인들은 전세의 불리함을 깨닫고 즉각 빠져나갔다. 따로 귀에 들리지 않는 명령이 있던 건지는 모르지만 이미 무린은 빠져나가는 일단의 무인을 파악하고 있었다.

그럼 남아 있던 자들은?

호승심이다.

어리석게도 끓어오르는 피를 감당치 못하고 그 자리에 남은 것이다. 무린을 보기 위해서 말이다. 그리고 그대로 그건 저승길로 향하는 선택이 되었다.

"저, 그보다……."

"쉬고 싶군. 따로 소집할 테니 전장 정리하고 쉬고 있어."

"아, 예……."

장팔은 무린의 말에 찍 소리도 못하고 막사 밖으로 나갔다. 혼자 남은 막사 안에서 무린은 눈을 감았다.

사실 무린은 지금 이 순간 큰 의문이 있었다. 바로 자기 자신에 대한 의문이다. 따로 비천신기라 이름 붙인, 상중하단전에 자리 잡은 내력이 가장 큰 의문이다. 어떻게 생성됐는지 그걸 모르겠는 것이다.

우챠이와의 전투가 끝나고 승리했다는 것을 깨달은 그 이후부터 무린은 기억이 없었다. 다시 눈 떴을 때는 어느 오두막이었다. 옆에는 남궁무원이 있었고 자신을 대견하다는 듯이 보고 있었다.

기절할 때와 눈 떴을 때의 기억. 이 두 가지가 전부다. 기절했을 때 역시 예전처럼 환상을 보지도 않았다.

그냥 기절했다가 깨어났더니 이런 상황인 것이다.

그 후 자초지종을 남궁무원에게 물었고, 소요진에서 승부를 가를 전투가 벌어진다는 소리를 듣고 즉각 되돌아온 것이다. 그래서 아주 때마침 무혜를 구할 수 있었다. 그때는 담담한 척했지만, 심장이 터질 것 같았다.

아주 조금만 늦었어도… 무혜는 죽었을 테니까.

하아…….

그 상황을 생각하자 다시 한숨이 나왔다. 안도의 한숨이다. 무린이 안도의 한숨을 쉬고 나자 천막이 열리며 남궁무원이 들어왔다.

그에 무린은 자리에서 일어났다.

"고생했다."

"아닙니다. 앉으시지요."

"그래, 너도 앉아라."

"예."

무린은 자리에 앉았다.

급히 오느라 정황 설명은 아무것도 못 들었다. 단지 눈 떴을 때 남궁무원이 있었다는 것밖에 몰랐다.

"어떻게 된 일인지 알고 싶습니다."

"네 몸 말이냐?"

"예."

"죽을 뻔했다. 그래서 네가 세가비전신단인 창천단과 제왕단을 섞어 먹였다. 그 후 삼륜공의 내력과 두 영단의 내력이 부딪쳤고 하나로 뭉쳤다. 아니, 실상은 삼륜공의 내력이 두 영단의 내력을 조금씩 파먹어 세를 불린 후, 종내에는 완전히 먹어 치운 게지. 그리고 일원이 진행됐다."

"일원……?"

"그래, 내력의 합일이다. 정신과 내력. 탈각의 조건이다."

가볍게 툭 말한다.

결코 쉽지 않은 단어임에도 말이다. 그런데 남궁무원은 그걸 어떻게 알까? 물론 예상은 간다. 그럼에도 무린은 확인하고 싶었다.

"그걸 어떻게 아셨습니까?"

"나도 겪었으니 알지. 느껴봐라. 지금 내 경지가 어느 정도로 보이느냐. 그냥 절정의 무인 같으냐?"

"……."

무린은 그 말에 기감을 최대한 열었다.

좀 전 전투에서 쏘아내던 기파와는 다르게 사르르, 부드럽게 훑듯이 영역을 넓혀간 기감에 남궁무원이 딱 잡혔다.

"아……."

"허허, 이놈아. 보이긴 하는 게냐?"

"어느 정도는 보이긴 합니다."

"허허, 그러냐?"

남궁무원은 자신의 경지가 보인다고 하는데도 씩, 웃었다. 결코 기분 나쁘지 않은 얼굴이었고, 그 얼굴 그대로 입을 열었다.

"나도 최근에 탈각을 했다. 내력은 물론, 신체도 재구성되었다. 사고 영역이 확장되는 것은 물론 부동심까지 생겨났지. 완전히 인간에서 벗어났다. 하지만 사실 나는 완벽하지 못했다. 끝끝내 떨치지 못한 죄가 있기 때문이다. 그게 뭔 줄 알겠느냐?"

"……."

무린은 알 것 같았다.

바로 자신이다.

무혜, 무월이 때문이다.

그리고 어머니 때문이다.

무린은 대답하지 않았지만, 남궁무원은 안다는 듯이 고개를 끄덕였다.

"그래, 너희들 때문이다. 탈각을 한 이후 웬만한 정은 사라졌다. 하지만 너희들에 대한 미안함은 사라지지 않았지. 내가 여기 있는 이유다."

"……."

"고마워하지도, 미안해하지도 말거라. 그리고 미워하지도 말거라."

"그건……."

좀 힘들 것 같았다.

무린은 변했다.

외형은 거의 그대로지만 속은 정말 많이 변했다. 사고가 넓어진다는 것은… 더 많은 영역에서 생각할 수 있다는 뜻.

이해 안 가던 게, 이해되고 있다.

그중 가장 확실하게 이해가 되는 게 바로… 단문영이다. 그녀의 행동에 대해 무린은 정확히 이해하고 있었다.

왜 그러는지.

상념을 끊는 소리가 들렸다.

"이 얘기는 찬찬히 풀어가자. 중히 할 얘기가 있다."

"말씀하십시오."

무린은 자세를 바로 잡았다.

생명의 은인이다.

사사로이 외숙부라는 점을 빼더라도 자신의 목숨을 다시 살려준 사람이다. 그 은혜는 갚아야 할 일이며, 대해야 할 행동 자체도 완전히 달라야 했다.

"마녀를 만났다."

"……."

누구?

마녀?

등줄기에 소름이 쫙 돋았다.

정말 농담이 아니라… 순식간에 송골송골 맺힌 땀이 등줄기를 타고 흘러내렸다. 존재 자체를 떠올리자마자 부동심마저 생겨난 마음에 파랑이 일었다. 마녀의 존재를 상기시켰다는 것 자체 하나만으로도 무린의 평정이 순식간에 깨졌다.

흔들리는 동공.

아…….

알겠다.

무린은 단문영이 그때 기절한 이유를 보다 정확히 이해했다. 무린의 상단도 거의 전부 열렸다.

그러다 보니 마녀의 경지가… 이제야 보인 것이다. 인외? 초인? 그런 단어로 마녀를 설명할 수가 없었다.

그녀의 존재 자체가… 인간이라는 부류 안에 넣을 수가 없었다.

아, 이제야 알겠다.

급격하게 흔들리는 무린을 뒤로 하고 남궁무원이 말을 이었다.

"소선녀의 의술은 너를 살렸다. 죽을 뻔했다고 했지? 하지만 그건 네가 소전신과의 전투 때 입은 부상 때문이 아니다."

"……."

"마녀가 떠난 직후 너는 발작을 시작했다. 모든 혈도가 요동쳤고, 너의 삼륜공이 진짜 지랄발광을 떨었지. 넘어가는 숨을 붙잡으려고 말이다."

거친 말이다.

분노마저 은은히 섞여 있다.

마녀에 대한 분노일 것이다.

"말을 나눠 보셨습니까?"

"말? 허허, 오들오들 떨었다 이놈아."

"……."

맙소사…….

남궁무원의 경지.

무린보다 높으면 높았지 결코 낮지는 않았다. 무린의 기감으로 정확히 파악이 불가능하다는 것이 그의 경지가 얼마나 높은지를 반증한다. 그런데도… 떨었다고? 아, 이해간다. 무린도 마녀라는 단어를 듣고 떨었으니까.

그래서 기가 막혔다.

'이 정도 경지인데도… 그래도 무섭다니.'

도대체가…….

말이나 되어야지.

"아, 마녀가 말했다. 구경 왔다고 하더군."

"예……?"

"소요대회전. 구경하러 왔다고 하더라."

"……."

구경?

뭐 그딴…….

기가 막혀 무린은 말도 안 나왔다. 상식을 완전히 파괴하는 존재가 마녀다. 행동도 마찬가지다.

마녀는 이전에 말살을 말했다.

말살(抹殺).

그 대상은 모든 것.

말 그대로 '모든' 것이다.

무인이건 뭐건, 공격적인 마음을 품을 수 있는 모든 것을 지워 버리겠다고 했다. 남궁무원이 다시 입을 열었다.

"하지만 나는 아니라고 본다. 마주친 건 우연이자 필연이라 생각한다."

"어째서 그렇게 생각하십니까?"

"너 때문이다."

"음……."

탈각.

인간에서 한 걸음. 아니, 열댓 걸음을 벗어난 무린이다. 우연도 겹치면 필연이다. 어머니가 했던 말이고, 무린은 당연히 그 말을 믿었다.

'단지 마녀가 구경만 하러 왔을까? 아니야.'

생각하자마자 답이 나온다.

그 마녀가… 정말 구경이나 하려고 나와서 무린과 부딪칠

리가 없었다. 아니, 무린과 부딪칠 생각이 없었다면 애초에 남궁무원과 부딪칠 이유가 없었다.

그리고 남궁무원은 이렇게 말했다.

'마녀가 떠난 직후, 내가 죽음으로 달려갔다고.'

설마 그것도 우연일까?

말도 안 된다.

정심의 의술은 무린도 잘 안다. 그녀가 무린을 잘못 처치해서 죽음으로 몰았을 리가 없었다. 그랬다면 그녀의 별호는 진즉에 버렸어야 할 것이다. 아니, 애초에 의선녀 연정이 그녀를 하산시키지도 않았을 것이다.

'즉, 나를 죽음으로 몰고 간 건 마녀.'

그렇다면 답은 이것밖에 없다.

설마하니 남궁무원이 그랬을까?

그럼 원인은 마녀다.

여기서 다시.

'마녀가 나를 왜? 아직 기한은 남았을 텐데?'

왜 무린을 죽이려 했는지에 대해서다.

마음에 안 들어서 약속을 깬다?

아닐 것이다.

'아니, 그럴 수도 있어.'

왜?

마녀니까.

진정으로 미친 존재니까.

그러나 무린은 그 생각은 곧 지웠다. 그렇게 접근해서는 안 된다.

'이유, 이유, 나를 죽이려 한 이… 유. 아, 아아…….'

촉이 왔다.

그 촉을 남궁무원이 대신 말한다.

아주 시기 좋게.

"내 생각엔 일부로 너를 탈각으로 몰고 간 게 아닌가 싶다."

"이유가 무엇이라 생각하시는지요."

"글쎄. 거기까지는 모르겠구나. 이번 너의 탈각, 마녀가 분명히 손을 썼다. 혹시 다른 이상한 점이 느껴지는 건 없느냐?"

"아직 제대로 점검하기 전입니다."

"음… 만약 마녀가 손을 썼다면 그걸 풀기에는 정말 힘들 게다. 찾아내는 것은 더 힘들 것이고."

"……."

그럴 거라 무린도 예상하고 있다.

무린의 탈각에 마녀가 관여했다면 그 이유는? 남궁무원처럼 무린도 이건 파악이 안 되었다. 그래서 어쩌면 그것도 아닐 수도 있다고 생각했다. 왜? 마녀가 무린을 탈각으로 이끌 필요가, 이유가 없기 때문이다.

적이다.

적에게 무슨 도움인가.

'마녀가 그럴 자비가 있었다면, 애초에 그런 강호 말살 자체를 계획하지도 않고 그냥 경치 좋고 마음이 평안해지는 심산유곡을 찾아 그곳에 처박혀 살고 있겠지.'

그러니 도움은 아니다.

하지만 달리 생각해 보면.

이유가 있으니 탈각으로 이끌었다.

그렇다면?

'나에게 바라는 게 있다?'

설마.

죽여주길 바라나?

너무 오래 살아서?

그러나 그럴 것 같지도 않았다.

그럴 것 같았으면… 그냥 제 손으로 천령개를 내려치면 된다. 마녀라면 아마 일장에 태산은 못 뭉개도 기암절벽은 그냥 무너트릴 것이다.

그런 거력으로 자신의 머리를 치면 끝날 일이다. 그러니 죽음을 자신에게 바랄 이유도 없었다. 그러다가 문득, 무린의 사고가 다른 곳으로 뻗어나갔다.

'마녀에게 나에게 준 것은 비천신기. 잠깐, 비천신기?'

설마.

비천신기를 원하나?

삼륜공에서 진화한. 아니, 거의 새로운 영역에서 아예 새롭게 만들어진 무린의 내력을 원하나?

'이거…….'

순간적으로 등골을 스치고 가는 감각. 제육감. 오감으로 얻는 정보가 아닌, 정신으로 직접 전달되는 미지의 감각이 무린에게 속삭였다.

그게… 맞을 거라고.

정답이라고.

까드득!

이가 갈리고.

우드득!

절로 뼈가 울었다.

줬다 뺏는다?

아니다.

'필요하니까 만들어줬고, 필요하니까 다시 뺏는다.'

이게 정답이었다.

과연… 마녀는 마녀다웠다.

이런 미친 짓을 벌일 수 있으니 말이다.

그러나 무린의 눈동자는 새파랗게 빛나고 있었다. 일단 이유는 유추했다. 정답인지 아닌지 확실치는 않지만 무린은 정답이라 느꼈다.

그렇다면 방비해야 한다.

하지만 어떻게?

여기에도 문제가 있었다. 이 문제는 아주 큰 문제였다.

'막을 수 있을까?'

음…….

무린은 확률을 계산해 봤다. 마녀가 손을 긋는다. 아주 자연스럽고 가볍게. 듣기로는 마녀의 공부는 구파. 그중 점창 관일(貫日)의 공부가 담겨 있다 들었다. 그래서 점창의 장문인이 스스로 천령개를 내려쳤고.

유구한 세월 동안 성장한 점창의 공부가 담긴 마녀의 일장. 일검도 되고 일창도 될 것이다. 과연 그걸 막을 수 있을까?

답은 너무나 쉽게 나왔다.

'그래도… 못 막는다.'

무린은 예전보다 더 확실하게 자신의 무력을 파악하고 있었고 마녀의 무력 또한 파악이 가능했다. 제아무리 자신에게 유리하게 생각해 주려 해도 마녀의 공격을 막을 방도가 생가나지 않았다.

살 수 있는 방법이라면.

'도망치는 게 최선…….'

비천신기로도 안 된다.

막는 순간 비천신기는 갈가리 찢겨 나갈 것이다. 관통이고 나발이고 뭘 어떻게 할 수가 없었다.

그러니 도망치는 게 답이다.

어처구니없게도… 탈각을 이뤘는데도, 완전한 탈각으로 신경(神境)에 들었음에도, 그래도 마녀는 답이 없다.

무력이라는 단어도 안 어울릴 것 같았다.

무(武)가 아니라, 마녀의 힘은 마치 신의 권능(權能) 느껴졌다. 인간의 힘이 아닌 신의 힘. 존재 자체가 다르다.

"막을 수 있겠느냐."

무린의 생각을 뚫어보고 있었는지, 툭 물어오는 남궁무원의 말에 무린은 고개를 저었다. 천천히 저어지는 그 고갯짓에는 모르겠다가 아닌, 못 막는다는 뜻이 담겨 있었다. 남궁무원은 무린의 대답에 후우, 한숨을 내쉬었다.

그도 답답한 것이다.

마녀를 아는 사람은 극소수.

구파, 오대세가, 검문, 석가장 등등. 정도를 지탱하는 기둥들만 알고 있다. 그리고 그 외에는 배화교와 황실. 이 두 곳만 알고 있다. 알려지기로는 말이다.

"이미 소요진의 전쟁은 끝났다고 봐야 한다. 구양가가 끝까지 항전할 모양이긴 하지만… 전력의 삼분지 일이 소실된 지금 싸워봐야 남는 건 전멸일 것이다."

"알고 있습니다."

"다음은 어떻게 하고 싶으냐? 북방으로 넘어갈 작정이냐?"

"암마왕을 잡아야 합니다."

"암마왕?"

"예, 반드시 죽여야 하는 자입니다."

"음……."

무린의 말에 남궁무원이 미약한 신음을 흘렸다. 명백한 적의가 섞인 말이었고 그게 걱정됐기 때문이다.

그러나 무린의 말은 아직 끝나지 않았다.

"하지만 그 이전에."

"음?"

무린의 눈동자가 빛났다.

"어머니의 일을 해결할 작정입니다."

"……."

"막는다면……."

"……."

서슬 퍼런 무린의 말과 눈빛. 조금도 숨기지 않았기 때문에 남궁무원은 그 의도를 확실하게 느꼈지만 아무래도 본가가

관련된 말이니 말을 아낄 수밖에 없었다.

그런 남궁무원에게 무린은 물었다.

"막으실 생각이십니까?"

나직한 질문이었지만, 그래서 더 차갑게 느껴지고 서운한 감정을 일으키는 말이었다. 남궁무원은 고개를 저었다.

"후우……."

그리고 한숨을 쉬었다.

막지 않을 생각이었다.

사실 막고 싶은 마음도 없었다.

천륜은 순리대로 흘러가야 하는 법이다.

피가 이어진 사람끼리 함께해야 하는 건 당연한 일이다. 어머니가 낳아 기른 아들딸과 함께하는 건 지극히 정상인 일이다.

그걸 남궁세가가 강제로 막은 것이다.

가문의 명예를 위해서 말이다.

용서받지 못할 일이라 남궁무원은 생각했다. 그래서 나서지는 않을 생각이다. 하지만 남궁세가는 남궁무원의 시작이자 끝인 곳이다. 걱정스런 마음이 드는 건 어쩔 수 없었다.

"현성이, 그놈이 끝까지 버티더라도… 자비를 베풀어 주거라. 그래도 외숙부 아니더냐."

"……."

무린은 그 말에 대답할 수 없었다.

글쎄.

사실 그럴 마음이 들지를 않았다.

정말 명확하게 느끼고 있었다. 자신의 일을 가로막는 것들에 대한 적아의 구분을 말이다. 막으면 적(敵)이요, 도우면 아(我)다.

"방관까지는 상관하지 않겠습니다. 하지만… 죄송합니다. 막는 자는 모조리 눕히겠습니다."

"……."

무린의 오만한 말.

막으면 모조리 눕히겠다고 한다. 그건 곧 공격하겠다는 소리다. 핏줄을… 어쩌다 이렇게 됐을까, 라는 생각보다 본가의 무인들에 대한 걱정이 앞섰다. 남궁현성의 명령이 떨어지면 분명 무린을 막으려 할 것이다.

당연한 일이다.

세가의 무사가 가주의 명령에 따르는 건. 하지만 그렇게 되면 피해가 속출한다. 그것도 기하급수적으로 나올 것이다.

무린의 무력은… 남궁무원 자신과 견주어도 결코 떨어지지 않기 때문이다. 오히려 전투 감각에 있어서는 무린이 위다.

이 나이의 무린이… 솔직히 남궁무원보다 더욱 많은 전장을 헤쳐 나왔기 때문이다. 젊은 날의 남궁무원도 무린만큼은 아니었다. 오히려 경험은 더욱 적을 수밖에 없는 환경이었다. 누가 감히 천하제일가의 무인을 건드리겠는가.

딱 잘라 말해 그의 시대는 평화의 시대였다.

그러니 탈도 없었고 검을 휘두를 일도 크게 없었다. 그러나 무린은 다르다. 그 지독한 북방의 전장에서 무공도 없이 홀로 십오 년을 살아남았다. 이 차이는 굉장히 컸다.

소전신과의 전투도 그랬다.

실전 감각도 둘은 비슷했다. 투지나 용기도 비슷했다. 임기응변도 마찬가지였다. 당시 둘 다 남궁무원보다 아래였기 때문에 확실하게 보였다. 거기서 거기. 종이 한 장 차이지만 결정적으로 무린이 부족했던 부분은 바로 내력이다.

그 차이를 뒤집고 이겼던 것은 천운이 아니다. 무린의 실력이었다. 본능적인 실전 감각이 무린의 투지와 이어져 승리를 이끌어 냈다.

그 모든 게 우연이 아니다.

'한 수 위라 말하지도 못하겠어.'

사실 남궁무원에게도 무린의 경지는 안 보인다. 예전에는 확실히 봤지만, 불과 며칠 전까지만 해도 정말 제대로 파악하고 있었지만 지금은 아니었다.

탈각 후부터 두루뭉술하게 보였다.

보일 듯 말 듯.

이 정도인가? 아니, 그보다 더 위인가? 이렇게 확실하게 판단이 내려지지 않는 것이다. 그 정도 경지이다.

그런 무린이 작정하고 달려들면 남궁세가의 삼 대가 죄다 달려들어도 무린을 어쩌지 못할 지도 몰랐다.

남궁무원도 벽 하나만 등지고 삼 대를 상대하면 모조리 눕힐 자신이 있었다. 포위만 피하면 된다는 소리다.

자신도 되는데, 무린이 안 될 리가 없었다.

그리고 그걸 모를 리도 없었고.

하지만 무린은 벽을 등질 필요도 없었다.

'게다가 비천대도 있지.'

그냥 무린이 비천대의 선두에 선다면? 남궁세가의 정문을 무린이 종잇장처럼 찢고 돌파하면 연화원까지는 순식간이다. 연화대? 설마. 연화대가 제아무리 날고 기어도 무린을 막을 수는 없었다.

"어떻게 안 되겠느냐. 그래도 너와 한 핏줄이다."

"……."

무린은 그 말에 대답하지 않았다.

그리고 남궁무원은 알아차렸다.

지금 이 말이 얼마나 어리석고 생각이 짧은 말이었는지를 말이다. 한 핏줄. 애초에 그러질 말았어야 했다. 무린에게 핏줄이라고 정을 바라는 건 너무나 이기적인 처사다.

"미안하구나. 실언을 했어."

"아닙니다."

"하아……."

아니라고는 하지만 남궁무원은 보았다. 무린의 미간이 살짝 꿈틀거리는 것을. 저도 모르게 반응한 것이다. 핏줄이라는 단어에. 본능이었을 것이다. 핏줄을 찢어놓은 것에 대한 본능적인 분노.

"그럼 최소한 사람 구실이라도 할 수 있게만 해다오."

"음……."

이렇게 약해졌다.

무린의 신음은 고민 때문에 나온 신음이었다. 사실 지금 무린은 그러고 싶지가 않았다 불구대천의 원수가 있다면, 그 가장 첫 번째는 당연히 남궁세가다. 직접적인 원수라면 남궁현성이다.

그 다음이 바로 창천대검, 남궁유성이다.

이 둘만큼은 무린은 용서할 수 없었다.

다른 이들도 막는 다면 봐줄 생각은 없었다. 왜 봐주나. 적인데. 원수인데. 원수 가문의 무인인데. 그런 그들이 다시 언제 복수를 해올지 모른다. 전장 수칙을 기억하나? 그 마지막이 절대 후환은 남겨두지 말라는 말이다.

가능하면… 남겨두고 싶지 않았다.

후환.

그것만큼 뒤가 찝찝한 것도 없으니 말이다.

하지만 남궁무원이 이렇게까지 말한다.

"후우… 알겠습니다. 최대한 노력하겠습니다."

"허허, 고맙구나."

남궁무원은 무린의 말에 진심으로 감사를 표했다. 한참이나 어린 무린이지만, 이미 무력에 있어서는 자신과 비슷한 경지다. 그런 무린이 자비를 베풀어 주겠다니, 감사할 수밖에 없었다.

순리대로 흘러갈 것이다.

'나는 방관할 테니… 네가 바로 잡거라.'

남궁무원은 자리에서 일어났다.

가만히 앉아 있는 무린을 위해서였다.

몸을 점검해 보고 싶을 것이다.

사실 마녀가 무슨 짓을 했는지 알아보라고 한 것도 자신이니 얼른 자리를 피해주는 것이다.

"저녁에 다시 찾으마."

"예. 살펴 가십시오."

"그래, 나오지 말거라."

"예."

남궁무원은 그 말을 끝으로 나갔고, 무린은 다시 혼자 남았다. 막사 밖으로 수많은 인기척이 느껴졌다. 남궁무원이 무린은 지금 운기 중이니 나중에 다시 찾거라, 하는 말을 들은 무린은 안심하고는 눈을 감았다.

탁자에 그냥 앉은 무린이지만, 내력의 운용에는 아무런 문제도 없었다.

'하단전부터.'

아니다.

무린은 그 생각을 즉시 철회했다. 상중하단전. 전부 비천신기다. 같은 기운이란 소리다. 그러니 굳이 따로 나눌 필요가 없었다.

'전부 다같이.'

보이지 않는 실로 이어진 것처럼 무린의 의지가 일자 상중하단전에 자리 잡은 비천신기가 전부다 움직이기 시작했다. 둥둥 진동하더니, 일제히 돌기 시작했다. 삼륜공의 특성을 그대로 가져갔기 때문에 운공할 때 회전하는 특성도 그대로였다.

무린은 천천히 느껴봤다.

마녀가 만들어준 비천신기.

이 안에 다른 것은 없는지.

정말 삼륜공과 남궁무원이 준 영단이 만나 비천신기가 된

것인지, 아니면 마녀의 힘이 들어갔는지.

이건 꼭 알아야 할 부분이었다.

놓치고 간다면 언제 치명적인 독으로 작용해 무린을 파멸시킬지 모를 일이었다. 모든 감각을 동원해 이질적인 '것'을 찾는 무린.

표면, 내면.

그 안에 본질.

'음…….'

살살, 어루만지듯이 섬세한 감각으로 비천신기 자체를 느껴보지만 역시나였다. 느껴지지 않았다.

비천신기의 구성은 이렇다.

삼륜공.

그리고 남궁무원이 먹인 천하제일가의 비전 영단, 맑고 깨끗한 창천단과 웅혼한 제왕단의 내력이다.

이 세 가지가 하나로 섞였다가, 삼륜공의 주도로 재구성된 게 바로 비천신기다. 하나이지만 셋이고 셋이지만 하나다. 무린의 감각에 지금 비천신기에서는 이 세 가지 느낌밖에 없었다. 다른 것은 아무것도 느껴지지 않았다.

없다?

'아니, 그럴 리 없어. 분명 있다. 내가 못 찾는 것뿐이야.'

그만큼 은밀하다는 것이고.

마치, 혼심 같았다.

무린은 혼심에 대해 이제 명확히 느끼고 있었다. 혼심은 내력에 걸린 저주가 아니다. 시술자가 자신의 영혼을 대가로 피시술자의 영혼에 간섭하는 게 바로 혼심이다. 그런 혼심이 이제는 느껴진다. 느껴지는 정도가 아니라 이제는 무린이 반대로 간섭도 가능했다. 한쪽만 연결된 게 아닌, 이젠 양쪽 다 연결된 것이다. 서로가… 서로의 마음을 들여다 볼 수 있다는 말. 극한으로 열린 상단전의 묘용 덕분이다. 하지만 그런데도 느껴지지 않는다.

도대체 왜? 어떻게? 상단의 묘용까지 피한다니.

'환장하겠군…….'

이건 완전 공포다.

혼심도 지독히 은밀했다. 그런데 혼심을 넘어서는 은밀함이다. 도대체 어떤 방식의, 어떤 결말을 불러올 폭탄이 될지. 이건 정말이지… 기대감까지 들게 만들었다. 영역을 벗어난, 도무지 상식이 적용되지 않는.

'이렇게 되면… 애초에 찾으려고 하는 게 심력 소모겠어.'

어차피 찾아도 안 보인다.

끝으로 열은 기감과, 상단전의 묘용으로도 찾지 못한다면 무슨 짓을 한다고 해도 찾지 못할 것이다.

그러니 괜히 힘을 빼느니 차라리 안 하는 게 낫다.

'조짐이 보일거야. 그때 놓치지 않고 잡아내면 돼.'

단, 무시할 수는 없다.

무슨 짓을 했는지, 어떻게 작용할지 모르지만 혼심처럼 분명 어떤 조짐은 보일 것이다. 가만히 있다가 갑자기 하나, 둘, 셋 하고… 뻥! 이렇게 터지진 않을 것이다. 그때 잡아채야 한다.

'그러려면 단 한순간도 방심해서는 안 되고.'

계속해서 날을 세우고 있을 필요는 없지만, 긴장의 끈은 항시 갖춰놔야 했다. 물론 이것도 피곤한 일이다. 하지만 탈각 후 사고의 영역이 크게 넓어짐에 따라 정신력도 당연히 늘었다. 웬만한 정신적 피로는 느끼지 않을 것이다.

"후우……."

한숨과 함께 운공을 멈췄다.

그러자 우윳빛 광채를 뿌리던 무린의 눈동자도 정상으로 돌아왔다. 확실히 전과는 다른 눈빛이었다.

보다 힘이 넘치고, 심유해졌다.

깊어지고 그윽해진 눈빛은 무린의 분위기도 상당히 변화시켰다. 보다 듬직해졌고, 단단해진 느낌이 함께했다.

그리고 가장 큰 변화.

범접할 수 없는 어떤 위압감이다.

"들어와."

무린의 입이 열리고 떨어진 말에 막사가 바로 걷혔다. 그리고 우르르, 일단의 무리가 들어섰다.

당연히… 비천대의 조장들과 연이 닿은 사람들이다. 탁자에서 일어난 무린은 웃었다. 정말, 이 순간만큼은 아주 진한 미소를 지었다.

第百五十二章 비천무제(飛天武帝)

"대주!"

"대주님!"

소란스러웠다.

대부분이 괜찮으냐는 질문이었다. 무린은 가볍게 고개를 끄덕였다. 괜찮았다. 몸 상태는 최상이다. 정말로 이보다 좋은 적이 없을 정도였다.

좀 전 전투에서 내력을 마구 썼는데도 어느새 상당히 소모한 만큼의 내력이 다시 회복되고 있었다.

비천신기의 회복력 또한 삼륜공 때보다 비약적으로 상승

한 상태였다. 마녀가 만들어 준 거지만 지금 당장은 기연이라고 생각할 수 있었다. 물론 그 생각이 언제까지 갈지 모르겠지만 말이다.

“진 형… 혹시 각성했소?”

“각성? 아, 교에서는 그리 부르나? 각성이라고?”

“그렇소. 진 형은 뭐라 부르오?”

“내가 이름 붙이지는 않았지만, 전대검왕 어르신께선 탈각이라 하더군.”

“탈각이라… 허물을 벗다. 각성이나 탈각이나. 뭐, 거기서 거긴 뜻이오. 그보다 정말 각성한 게 맞소?”

“그래. 했다.”

무린은 밝혔다.

못 밝힐 이유도 없었다.

다른 사람도 아니고 백면의 물음이다. 자신이 없는 동안 비천대를 이끈, 정말 고생한 녀석이다.

그리고 무(武)에 대한 노력도 자신에 못지않은 무인이다.

“하… 완전히 달라졌군. 이젠 보이지도 않소.”

“하하하.”

백면이 고개를 절레절레 저으며 하는 말에 무린은 그냥 가볍게 웃었다. 그러자 이번엔 남궁유청이 조용히 말했다.

“언젠가 들은 적이 있지. 벽을 부수면 진실된 경지인 신경에 든다고. 진 대주는 신경에 든 모양이군."

"……."

대답하지는 않았지만 무린은 인정하는 미소를 지었다. 남궁유청에게도 숨길 필요는 없었기 때문이다.

각각 지칭하는 단어는 달랐지만, 의미는 비슷했다. 무린은 일단 자리를 권했다.

"일단 앉아서 얘기하지요."

무린이 그리 말하고 앉자, 비천대 조장들도 전부다 따라 앉았다. 동그랗게 앉았는데 무린의 옆에는 단문영이 앉았다. 그리고 반대쪽은 비었다. 마치 군사의 자리이기 때문에 비워둔 것 같았다.

"어떻게 된 일이오? 상처도… 다 나은 것 같고. 각성하면 육체가 정말로 재구성되오?"

"그건 아니다."

"그럼 상처는 어찌 그리 빨리 나았소?"

"회복의 촉진이다. 내력의 일원, 하나로 뭉쳐지는 과정에서 이건 부수적으로 따라온 효과야. 아, 참고로 전대검왕 어르신이 영약을 먹였다는 군. 내가 죽어가서."

"영약?"

"그래, 창천단, 그리고 제왕단이라고 했다."

"아… 신교의 연화단에 맞먹는 영단이오. 소림으로 따지면

소환단보다도 나을 것이오. 대환단보다는 못해도. 그걸 먹었으니……."

"그래, 육체의 상처는 영단의 효과로 나은 것 같다."

"그렇소. 그럼 지금 어느 정도요? 정확한 파악은 했소? 아까 움직이는 걸 보니 실험해 보는 것 같던데."

"그래, 했다. 하지만 아직 전부 측정하지는 못했다."

"허……."

백면이 허탈한 탄성을 흘렸다.

그렇게 움직여 놓고도 측정이 전부 안 끝났단다. 그럼 그게 끝이 아니라는 소리기도 했다. 백면이 다시 물었다.

"그럼 아까는 몇 할이었소?"

"오에서 육. 그 사이다."

"……."

백면의 눈이 번쩍 떠졌다.

비천대 다른 조장들도 마찬가지였다. 그게 무슨 뜻인지 바로 알아들었기 때문이다. 말인즉슨, 좀 전에 마도를 때려잡을 때 무력의 오 할에서 육 할만 쓰고 그 정도 신위를 보여줬다는 소리였다.

입이 떡 벌어질 소리였다.

가장 먼저 정신을 차린 갈충이 고개를 절레절레 저었다.

"무제가 아니라, 괴물이 돼서 왔군. 킬킬킬!"

"크하핫! 그러게 말이야! 이거, 무서워서 곁에도 못 가겠어!"

두 사람의 농에 무린은 피식 웃었다.

말은 저렇게 하지만 진심으로 무린의 경지를 축하해 주고 있다는 걸 말에 깃든 기쁨으로 충분히 알았다.

하지만 한 사람은 조금 씁쓸해했다.

"이거 이제는… 일격도 못 받겠소."

백면이다.

그는 무에 욕심이 있는 사람이다.

강해지는 것 자체를 삶의 의미로 삼는 무인이다. 무린을 돕는 것은 여러 가지 사정이 있지만 그중에서 가장 큰 비중을 차지하는 건 역시 이곳에서 강해질 수 있다는 이유 때문일 것이다. 그걸 모를 무린이 아니다.

"백면."

그럼 도와준다.

강해지게.

"음?"

"더 강해지고 싶나?"

"이거… 진 형. 지금 좀 강해졌다고 나를 놀리오?"

"설마. 진심이다."

"……."

백면이 침묵하자, 무린은 비천대 조장 전원을 둘러봤다. 그리고 하나씩 눈을 맞추고 천천히 다시 입을 열었다.

"삼륜공을 전수하겠다."

"……."

"……."

뭐를 전수한다고?

삼륜공을?

비천대는 물론 단문영까지 눈을 동그랗게 떠졌다. 그만큼 무린의 말에 놀란 것이다. 그런 그들에게 무린은 다시 쐐기를 박듯 말했다.

"전장이 정리되는 대로 조장들부터 배운다. 그리고 알아서 밑에다가 전수해. 전체와 진체, 전부 전수할 생각이니까. 확실하게 따라와."

무린의 말은 진심이었다.

사실… 늦은 감이 있었다.

왜, 삼륜공의 전수하지 않았을까? 뭐가 아쉬워서? 특별한 조건이 있는 게 아니다. 삼륜공은 특별하다.

무린이 공청석유 몇 방울로 내력을 얻었기 때문에 우윳빛을 띈 것이지, 꼭 그 색깔이어야 한다는 조건은 없었다. 그리고 사전에 내력을 익히고 있어야 한다는, 반대로 내력을 익히지 말아야 한다는 조건도 없었다.

수련자가 가진 내력의 성향으로 삼륜공의 색은 결정되며 효능은 똑같다. 무린이 봤을 때 분명 그랬다.

그럼 그냥 전수했으면 됐을 것을.

뭐가 아쉽다고…….

처음부터 전수했으면 피해를 줄일 수 있었다. 그러나 아직 늦지 않았다고 생각하는 무린이다. 지금부터라도 익히면 된다.

"허어……."

"이거 참……."

그 말에 멍한 비천대 조장들이다.

삼륜공.

무린의 무력 자체라고 볼 수 있는 공부. 그걸 전수하겠다고 한다. 걱정하는 것이다. 비인부전이라는 강호의 특성 때문에 말이다.

그러자 무린이 다시 말한다.

"이건 내가 우연히 얻은 공부다. 그러니 아무나 익혀도 돼. 문파라도 만든다 치고 내가 심법을 하사한다고 생각해라. 그러면 이해하기 쉬울 것이다. 그리고 걱정 마라. 나는 이미 다른 것을 얻었으니."

"다른 것?"

"그래. 보여주랴?"

"볼 수 있다면……."

무린의 기도가 백면의 대답에 즉각 변했다.

눈동자부터 일단 변한다.

우윳빛의 광채를 품고 빛나기 시작했고 머리카락이 바람에 맞은 것처럼 두둥실 떠오르기 시작했다. 외형적인 변화야 그렇다 치고, 숨이 막히는 기도가 느껴진다.

바로 앞에서 느끼는 무린의 기도는 상상 이상이다.

"칠 할이다. 느껴봐라. 백면."

압박이 아니었다.

보여 달라니 보여주는 것뿐이다.

그리고 무린은 안다.

보여주고 나면 백면은 더욱 더 절치부심해서 자신을 따라올 것이라는 것을. 백면은 그런 사내였다.

그그그극!

쇠가 긁히는 소리가 울린다.

백면이 즉각 검병에 손을 댔기 때문이다.

그 순간 무린의 신형이 움직였다. 자리에서 꺼짓듯이 쉭 하고 나타난 곳이 백면의 정면. 그리고 손바닥을 펴 백면의 출수를 막았다.

소리는 무린이 백면의 출수를 막아 검이 검집 안에서 요동쳤기 때문에 나는 소리였다. 빠르고 강하다.

무린의 힘, 내력이 백면을 압도했다.

완전히 달라진 경지에 백면은 그냥 밀렸다. 검이 뽑히지 않았으니 말이다. 백면의 검을 잡은 팔뚝의 폭발적으로 부풀어 올랐다. 내력은 물론 완력까지 극한으로 끌어올린 것이다. 그리고 전신이 부들부들 떨렸다.

그러나 무린은 아무런 미동도 없이 검병에 손을 대고 있었다. 힘 하나 안 들이는 것처럼. 누가 봐도 무린의 우세다.

그것도 압도적인.

백면은 포기했다.

"잘 봤소."

"그래."

쉭.

무린의 모습이 다시 제자리로 돌아왔다.

확실히 다른 모습.

"눈으로 본 사람 손?"

갈충이 입을 열어 물었다.

무엇을 봤냐 물은 거냐면, 무린이 움직이는 모습이다. 손을 든 사람은… 없었다. 실제 본 사람은 있긴 할 것이다.

백면과 남궁유청.

그러나 두 사람은 어울려 줄 사람이 아니었다. 그럼 나머지는? 못 봤다. 쉭, 쉭거리는 것밖에… 너무 코앞이라 잔상조차 거의 안 생겼다.

그냥 눈을 끔뻑이니 백면 앞에, 다시 눈 끔뻑이니 제자리에. 이게 전부였다.

"백면, 교인이니 부담되나?"

"그렇소."

"강해져야 한다. 배우는 게 좋아."

"……."

백면은 기분 나빠하지 않았다. 옹졸한 사내가 아니기 때문이다. 하지만 무린의 삼륜공을 배우라는 말에는 대답을 안 했다. 비천대는 당연히 익힌다. 문제는 남궁유청과 백면이다. 이 두 사람은 소속이 확실히 있으니 다른 무공을 익히는 것에 당연히 거부감을 가지고 있을 것이다. 하지만 무린은 지금… 두 사람 다 비천대라고 생각하고 있다. 남궁유청까지 말이다. 딸의 복수를 위해 합류한 남궁유청이지만 엄연히 비천대와 함께했다. 지금도 마찬가지다.

전투가 끝난 지금 그는 남궁세가의 진형이 아닌 비천대의 진형에 있다. 그게 그의 소속을 말해주고 있었다.

말은 백면에게 하고 있지만 실상은 둘 다에게 하는 말이었다.

"말했지? 내력의 일원. 하나로 변하는 과정에서 나는 탈각했다. 물론 영단의 도움도 있었지. 하지만 장담한다. 삼륜공은 너를 진일보시켜 줄 것이다. 진정한 의미에서의 진일보. 이건 나를 도와주는 네게 내가 줄 수 있는 유일한 도움이다. 그냥 아무 생각 말고, 배워라."

"……."

긴 무린의 말에도 백면은 바로 대답하지 않았다. 아직 확신이 서지 않은 것 같았다. 그래서 무린은 마지막 패를 꺼내들었다.

"마녀를 만났다."

"……."

번쩍!

살짝 고개를 숙이고 고민하던 백면이 마녀라는 말에 즉각 무린을 돌아봤다. 무린은 여기서 살짝 거짓말을 했다. 만난 건 자신이 아니고 남궁무원이었다. 이게 거짓말이다.

하지만 전부 거짓말은 아니다. 직접은 아니지만 간접적으로 만났다.

실제 마녀를 생각할 때 느꼈던 것을 무린은 그대로 말했다.

"보이지 않는다. 나는 이 경지인데도… 마녀의 경지는 보이질 않아. 아니, 두려움만 느껴진다. 생각하는 것 자체만으로도. 탈각을 했는데도 말이야."

쓸쓸한 무린의 말.

백면의 가면 속 눈동자가 데굴데굴 굴렀다. 생각하는 게 아닌, 무린의 말에 충격을 먹었기 때문이었다.

자신도 꼼짝 못하게 만드는 무린이 마녀를 생각하는 것만으로도 떤다? 두려움을 느껴 오들오들?

"진… 짜요?"

피식.

무린이 웃었다.

"거짓말해 뭐가 남지? 진짜다. 마녀… 후우. 생각만 해도 온몸에 소름이 돋아. 그냥 두렵기만 하다. 마녀가 일장을 내려치면 어떻게 막아야 할지 감조차 안 잡혀. 아니, 그냥 도망치고 싶다. 근데 도망칠 수 있을 것 같지도 않다."

"……."

"배화교주도 당했다고 했지? 그분과 나를 비교하면 어떻지? 누가 위인 것 같아?"

"아직은… 교주님이 위라 생각되오."

"그래. 하지만 실제 붙어보면 다를 거야. 구파와 붙어도 지금은… 질 것 같지 않으니까. 그런데 마녀는 아니야. 내가 감당하지 못할 사람이 이 세상에 있다면, 그건 마녀 하나뿐이다."

오만한 말이다.

사실 따지면 무린을 상대할 사람은 많다.

구파일방에도 있고 배화교에도 있고 검문에도, 석가장에

도 있을 것이다.

하지만 이건 무린의 자신감 얘기다.

누구와 붙어도 지지 않을 자신감이 실제 무린에게 있었다. 하지만 마녀만큼은 예외다.

"지금의 나도 이런다. 그럼 네가 마녀를 만나면?"

"……."

무린은 선언했다.

백면의 뇌리에 각인될 말을.

"만나는 즉각 너는 죽는다. 어떻게 죽는지 스스로 느끼지도 못하고."

"……."

꿈틀.

가면 속 백면의 눈동자가 꿈틀거렸다. 자존심이 좀 상할 것이다. 하지만 이건 진짜였다.

무린이 보기에 백면이나 남궁유청이나 마녀를 코앞에서 대면하게 되는 순간 정말 숨도 못 쉴 것이다. 그리고 뭘 할 생각도 못 해보고… 자신이 어떻게 당했는지도 느끼지 못하고… 죽을 것이다.

"그러니 배워라. 약속의 기한은 얼마 남지 않았다. 그 안에 조금이라도 더 강해져야 한다."

"……."

백면은 대답하지 않았다.

그러나 고개를 들어 보이지도 않는 하늘을 봤다가 다시 무린을 바라봤다.

"생각할 시각을 주시오."

"그래. 하지만 길어지면 안 된다."

"그러겠소."

백면은 바로 자리에서 일어났다.

무린은 백면이 나가자 남궁유청을 바라봤다. 그도 알고 있었다. 백면에게 하는 말이지만 자신에게도 하는 말이라는 것을.

그러니 한숨이 나온 것이다.

소속되어 있는 곳이 분명하니, 다른 공부를 익히기 주저하는 건 당연한 일이었다. 걸리면 파문을 면치 못할 것이다.

그만큼 무림세가는 엄격하다.

하지만 무린은 자신이 있었다. 그런 걸로 걸고 넘어져도 그냥 힘으로 때울 자신이. 무린은 지금 소향의 말을 떠올렸다.

'인재를 모으고 있었지. 한명운 선생의 유지에 따라.'

자신도, 무혜도, 비천대도. 전부 소향이 원한 인재다. 그리고 그녀는 무린뿐만이 아닌 더 많은 사람을 원했다.

광검이 그랬다.

정심도 그렇고, 이옥상도 그렇다. 그만큼 인재를 모아도 사실 마녀를 대적할 수 있을까 싶었지만 어쩌겠는가. 하는 데까지는 해봐야지. 거기 끼지 않는다고 해도, 어차피 마녀의 저주는 전 중원을 덮을 것이다. 거기서 자신도 쓸려갈 수 있다는 걸 무린은 잘 알았다. 그러니 최대한 강해져야 했다.

자신도,

비천대도.

"어쩌시겠습니까?"

"나도 생각할 여유를 좀 주시게."

"그러겠습니다. 하지만 길게는 안 됩니다."

"그러겠네."

남궁유청도 자리에서 일어나 나갔다.

그가 나가자 무린은 전부를 다시 돌아봤다.

"삼륜공의 전수는 그렇게 알고, 적군의 상황은?"

"조용합니다."

"철수했나?"

"도망갔던 무리들이 다시 돌아온 모양인지 수는 꽤 됩니다. 대략 삼사백 정도는 됩니다."

"삼사백이라… 무의미한 숫자군."

"하하, 맞습니다."

무린의 말에 장팔이 웃으며 대답했다. 말투가 묘하게 관평을 닮아가고 있었다. 호탕하던 모습은 자취를 감추고, 진중해진 모습으로 변해 있었다. 아마 스스로도 불편할 것이다. 하지만 무린은 뭐라 하지 않았다. 그가, 장팔이 관평을 잊지 않으려 한다는 것을, 그의 빈자리를 채우려 하는 것이니 말릴 이유도 없었다.

그렇게 해서 그 스스로가 편해질 수 있다면 말이다.

내색하지 않고 무린이 다시 입을 열었다.

"그래도 혹시 모른다. 정찰을 보내. 사면 전체로 셋씩 짝을 지어 열 개조를 보내라. 증원이 오면 골치 아프니까."

"설마 이곳에 오겠습니까?"

"모를 일이다. 정보 공작 쪽에서는 저쪽이 우세다. 하오문이 완벽하게 처리해 주니 말이다. 원총이나 북원의 정예가 근방에 와 있어도 이상치 않아. 그러니 확실하게 파악한다."

"네, 알겠습니다. 보니까 황보세가의 무인이 따로 정찰을 나선 것 같지만… 역시 믿음직스럽지는 않습니다. 하하."

장팔은 무린의 말에 바로 대답했다.

무린의 말은 아직 끝나지 않았다.

"이 전투가 끝나면 남궁세가로 간다. 가서 어머니를 모실 것이다."

"……."

"……."

드디어…….

이 때문에 모였다.

무린의 말에 모두가 웃음 지었다. 지금 무린의 무력이라면… 힘으로도 모셔올 수 있을 것 같았다. 그들의 대모를 말이다.

"그 다음은… 다시 북방으로 간다."

"……."

"……."

다음 무린의 말에 비천대가 낯빛을 확 바꾸었다. 북방.

그들에겐 만남의 장소이자 지옥의 장소다.

그리고 해결의 땅이다.

그곳에 묻어놓고 온 전우가 너무나 많다. 가서 전부… 데리고 와야 했다. 더불어 그들이 그곳에 몸을 누여야 했던 원인도 해결해야 했다. 북원의 군세다.

특히 그중…….

"천리안. 반드시 그놈 목을 따야겠어."

묵직한 무린의 말에 비천대의 얼굴에 지체 없이 살기가 떠올랐다. 비천대를 그렇게 괴롭힌… 천리안.

촘촘하다 못해 개미새끼 한 마리 빠져나가기도 힘든 무지막지한 천라지망을 깔아 비천대를 압살하려 했었다.

천리통혜, 무혜가 없었다면 전멸이었다.

어쩌면 무혜가 그곳에 온 것이 정말 신의 한수였다.

"킬킬킬……."

"갚아야지. 암……."

갈충의 살소, 제종의 분노.

제각각 한마디씩, 원한 섞인 말들을 내뱉었다.

"황보세가와 제갈세가의 본대가 오는 데로 이곳을 정리하고 곧장 남궁세가로 간다. 그리고 북원의 정리하고 힘을 기른다."

"알겠소. 대주. 킬킬킬!"

갈충이 대답하자, 무린은 손뼉을 짝 치고 회의를 끝냈다.

"오늘은 여기까지하지. 아, 그리고 단문영, 당신은 남아. 나랑 얘기 좀 하지."

그 말에 비천대는 우르르 일어나 나갔다. 단문영을 왜 남으라 했는지 그들은 의문을 갖지 않았다. 가질 필요가 없었기 때문이다.

모두 나가고 주변에 인기척도 없어지자 단문영이 입을 열었다. 웃는 얼굴, 신비함이 가득한 미소였다. 그리고 거기에 하나 더 추가.

기쁨이 있었다.

"다행이에요."

"고마워."

"……."

"느꼈어. 당신 마음."

"……."

단문영의 얼굴에 깃든 감정이 변해갔다. 빠르게. 변한 감정은 안타까움이었다. 그리고… 부끄러움이었다. 붉게 변한 얼굴. 그러나 눈동자는 살짝 밑으로 깔렸다. 하아, 한숨이 포옥 나온 후에야 단문영은 입을 열었다.

"저도 느꼈어요. 누군가가 제 머리로 들어오는 것을. 당신이라는 것을 바로 알아차렸어요."

호칭이 변했다.

진 공자에서.

당신으로.

많은 의미가 있는 변화였다.

무린은 그걸 알면서도 일단은 지나쳤다.

"탈각의 과정에서 혼심을 느꼈다. 영혼에 자리 잡은 혼심의 존재를 인지했고 이어지면서 결국 합쳐졌다. 혼심은 없어지지 않았어. 하지만 상황은 변했다. 이젠 당신과 나. 서로 똑같이 동등해진 거야."

"……."

말인즉슨, 무린도 이제 단문영이 하던 혼심의 조작을 할 수 있다는 소리였다. 서로가 서로의 생각을 읽을 수 있다.

대화도 가능할 것이다.

입에서 나오는 언어가 아닌 영혼에 직접 생각을 전하는 방법으로. 가만히 듣고 있는 단문영에게 무린이 계속 말했다.

"일원의 과정은 내력뿐만이 아닌… 정신적인 부분에도 영향을 끼쳤어. 당신만큼 상단전이 열린 거지."

"……."

"읽으려고 했던 건 아니었어. 하지만 저절로 그렇게 됐다. 마치… 빨아들인 것 같았지."

"나도 느꼈어요. 사실 당신이 어르신에게 안겨 떠났을 때부터 계속 당신을 보고 있었어요."

"그랬나."

"네, 그랬어요."

왜… 그랬을까?

이유는 당연히 하나다.

단문영이 무린을 가슴에 담은 것.

사실… 말이 안 되긴 했다.

둘 사이는 명확하다.

무린은 단문영의 오빠를 죽인 원수.

단문영은 무린에게 독을 심은 원수.

아주 분명하다.

그런데도 단문영은 무린의 곁에 있기를 원했다. 이 과정에서 물론 무린이 절대 거절할 수 없는 협박을 했지만, 중요한 건 결과다. 무린에게 독을 심은 단문영이 왜 무린의 곁에 있으려고 했을까?

'사실 그 이유를 더 생각했어야 했어.'

아니, 이미 말하긴 했다.

좀 더 알아보고 싶다는 아주 애매한 말로.

말은 무린의 인생을 보고 감화 받았다는 식으로 했지만, 하지만 정말 그게 이유였을까? 더 있지 않았을까?

요는 이거다.

단문영은 혼심의 연결로 무린을 보면서… 점차 무린에게 빠졌다는 것. 이유는 많을 것이다. 치열한 삶이든, 뭐든지. 어쩌면 무린의 처한 환경에 대한 연민에서부터 시작됐을 수도 있었다.

분명 그렇게 여러 가지 이유가 있을 수 있었다.

그리고 무린은 그걸 알았다.

"부담스럽나요?"

"……."

이번엔 단문영이 먼저 무린에게 물었다.

이 관계, 어떻게든 정리해야 한다. 앞으로도 정신이 없을 테니. 안 그러면 이 여인에게 상처밖에 주는 꼴이 안 된다. 이제 단문영은 동료다. 비천대원이라고 봐도 좋다. 아니, 봐도 좋다가 아니라 무린은 분명하게 단문영을 비천대라고 인정했다.

무시하는 순간 상처가 된다.

사고의 영역이 넓어졌다고 했다.

만약 예전이었다면 알았어도 무시했을 것이다. 그러나 지금은 그게 안 됐다. 아니, 그렇게 하면 안 된다고 생각하는 무린이었다.

"그렇지 않아."

"려 아가씨 때문인가요?"

"그래. 그건 부정할 수 없다."

"그렇군요."

무린은 려의 존재를 단문영이 말하자 분명하게 대답했다. 확실하게 해줘야 한다. 어떤 식으로도. 진실해야 한다. 자신을 품은 여인이다. 거짓으로 대하는 것, 거짓을 알려주는 것, 어떤 것도 옳지 못했다.

그렇게, 확실하게 느끼고 있었다.

단문영이 하아, 하고 한숨을 쉬었다.

무거운 분위기가 그녀의 한숨에 더 무거워졌다.

"아, 지금 그 대답은 좀 상처였어요."

"그랬나."

"그럼요."

단문영은 그렇게 대답하고 웃었다.

밝은 웃음이었다.

하지만 무린은 알았다.

일부로 웃는 웃음이라는 것을.

“근데 그거 알아요?”

“음?”

“려 아가씨도 알고 있어요.”

“음…….”

“여인의 감을 무시하지 말아요. 제가 봤을 때 려 아가씨 정도로 똑똑한 분이 모를 리가 없어요. 그리고 제가 좀 티 나게 행동하기도 했어요.”

“일부로 그랬나?”

“음… 육칠 할 정도?”

“…….”

“물론, 좀 무의식적으로 그랬어요. 저도 행동하고 나서 알 정도였으니까요. 이건 좀 이해해 주세요.”

“…….”

무린은 대답 대신 피식 웃어버렸다.

완전히 변해 버렸다.

어차피 들킨 것, 무린처럼 그녀도 솔직하게 나가고 싶어 하는 것 같았다. 아니, 그녀의 방식은 무린이 봤을 때는 잘 모르겠지만 타인이 봤을 때는 아주 옳은 행동이라 볼 수 있었다.

그리고 애초에 그녀는 솔직했다.

자신의 감정 표현에 대해서. 그리고 굉장히 행동력이 강한 여인이었다. 안 그랬으면 홀로 가문을 빠져나와 무린에게 복수하려는 마음 자체를 품지도 못했을 것이다.

지금껏 마음이 많이 아렸을 것이다.

말하기도 애매하다는 걸. 아니, 말해서도 안 된다는 걸 그녀도 잘 알고 있었을 테니까. 친오빠를 죽인 사내를 가슴에 꼬옥 품는다.

상식적으로 생각해도 말도 안 되는 일이다. 그런데 그런 일이 실제로 벌어지고 말았다. 강호다. 낭만강호(浪漫江湖)라더니… 그 말이 이번에도 틀린 게 하나도 없었다.

"후우……."

무린이 한숨을 쉬었다.

안 다고 해결되는 게 아닌 상황.

단문영이 찌릿 노려본다.

"한숨 쉬지 말아요. 누가 보면 저희가 정말 나쁜 짓 하는지 알겠어요. 우리 아무런 사이도 아니고, 관계를 정립하는 중이에요."

"그렇지."

"그러니 한숨 쉬지 말아요. 나… 아니에요. 이건 말 안 할래요."

"……."

말을 거의 다 해놓고 거기서 자른다고 모를 무린이 아니었다. 다음으로는 정적이었다. 매우 많이 어색한.

"만약……."

어색함을 단문영이 다시 끊었다.

무린은 대답하지 않고 단문영을 바라봤다.

"려 아가씨에게 제가 허락을 받으면… 받아줄래요?"

"……."

단문영의 말에 무린은 대답할 수 없었다.

그건 단문영의 말에 곤혹스러워서가 아닌, 자신의 존재감을 온 사방에 뿌리면서 다가오는 사람 때문이었다.

"나오지 마라."

무린은 일어나서 단문영을 등 뒤로 보냈다.

느껴지는 건 기파다.

마치 나 누구요 하는 기파.

무린은 이 기파의 주인이 누구인지 바로 알아차렸다. 무린은 하아, 하고 한숨 쉬는 단문영을 뒤로 하고 바로 막사를 나섰다. 그리고 기파의 주인에게 고개를 돌렸다.

하늘을 찌를 듯이, 거세게 몰아치는 존재감.

위엄, 위압이 동시에 뒤섞여 있는 그 존재감의 주인은 당연히 남궁현성이었다. 그런데 지금, 압박을……?

누구에게?

설마.

무린에게?

피식.

코웃음 친 무린에게서 쏟아져 나온 기파가 온 사방을 다시 휘감기 시작했다. 비천무제(飛天武帝)의 현신(現身)이었다.

들끓는 적의가, 살의가, 그대로 남궁현성의 기파를 찢어 발겨 버렸다.

『귀환병사』 17권에 계속…